王肇民诗草

王肇民 著

南方出版传媒 花城出版社
中国·广州

图书在版编目（CIP）数据

王肇民诗草 / 王肇民著. -- 广州：花城出版社，2019.5
ISBN 978-7-5360-8891-7

Ⅰ. ①王… Ⅱ. ①王… Ⅲ. ①诗集－中国－当代 Ⅳ. ①I227

中国版本图书馆CIP数据核字(2019)第063422号

出 版 人：	詹秀敏	
责任编辑：	麦 婵	王铮锴
技术编辑：	薛伟民	凌春梅
装帧设计：	赵丹帝	

书　　名	王肇民诗草
	WANG ZHAO MIN SHI CAO
出版发行	花城出版社
	（广州市环市东路水荫路11号）
经　　销	全国新华书店
印　　刷	恒美印务（广州）有限公司
	（广州南沙经济技术开发区环市大道南路334号）
开　　本	880 毫米×1230 毫米　32 开
印　　张	9　2 插页
字　　数	202,000 字
版　　次	2019 年 5 月第 1 版　2019 年 5 月第 1 次印刷
定　　价	68.00 元

如发现印装质量问题，请直接与印刷厂联系调换。
购书热线：020-37604658　37602954
花城出版社网站：http://www.fcph.com.cn

王肇民,安徽萧县人,中国著名美术家,美术教育家。

渝序

　　余迎母妹西来，农历壬午十一月二十四日离乡，腊月一日至涡阳，除夕至漯河。而倭寇忽至，南阳沦陷，绕道鲁山、南召、李青店，倭寇退，复经南阳，于次年正月二十至老河口，出石花街，穿大巴山，十日而抵巴乐；在香溪乘船，转长江，又四日始达渝市。此后佣书官府，执教小学，母老妹病，而道途险阻，滞留难返者，又数年于兹矣。其间湘桂失守，郑卞陷落，国破家亡之思，有增无已；而党派纷争，军政异令，兄弟阋墙之患，惋惜良深。及苟安日久，客老如归，他乡即故乡焉。于是定情定交，偶结鸳侣之盟，乍离乍合，复作镜鸾之愤。中年哀乐，有不能自已者。每落花啼鸟，明月关山，无不慨然兴怀，有感于中，或托物以见志，或直言以达情。咏之于诗，以道其意，而志不忘，备他日观以自娱，非敢附庸风雅，欲有问于当世云。今搜集旧作，得数百首，虽情怀小样，无当宏旨，要亦心血点滴，生命所寄，又安忍弃之。仅抄为三册，置之座右，待抗战胜利，退休家居，与二三友人，秉烛夜坐，作谈心之资，而回顾当年，往事历历，以悲以喜，岂不美哉！藏之名山，传之其人，非敢望焉。

　　　　　　　　　　癸未正月自序于重庆西郊之燕儿洞小学校

穗序

　　古萧之西五十里，有张庄者，余世代家焉。年十岁，入小学，随父读书县中，乡庠殆遍。毕业后，至徐州，入徐州中学，适逢国民革命军北伐，停学家居，习为诗，多散亡。后就读燕杭艺院，颇轻旧学，此道几废。至抗日战争爆发，复还乡里，入新四军，萧县支队，荷戈自卫，于戎马仓皇之际，又间或为之。及以父丧赴渝，以书记名义为燕儿洞国府文官处员工子弟小学校教师，羁留难返者六年，客情萧索，每以吟咏自遣，遂成癖好。解放以来，由宁至汉，由汉至穗，为广州美院教授。授课之余，依据于生活激刺，借助于名作启发，凡耳目所接，心神所感，虽多寄情于画，而于诗亦未敢稍忘。每至外地写生，常边画边诗，以尽其意。画写形，以志所见；诗言志，以志所想。所想所见，各有短长，相反相成，始称兼备。然皆归根于真，崇真尚实，唯性情之所至。故每一诗作，必触乎事物，发乎胸臆，依乎格律，成乎章句。无无病呻吟之声，绝阿谀奉承之语。率意书怀，无所避忌，以宣泄个人之心志而已。至于诗规，自当完全遵守，而又随时可破，然破之亦应皆有其道，不能任意乱破，此余作诗之准则也。近年以来，伤老伤独，块然于一室之中，冷落于欢场之外，不能已于言，而言不合时宜者，亦往往有之，"文革"期间，曾上缴工作组审查四年，然后发还。今检点旧作，得九百二十余首，分解放前后，各为三册，合为六卷，聊以自记生平云尔，是非功罪，非所计也。览者君子，幸有以教焉。夫以一介书生，子然无依，东西南北，漂泊六十年间，世变多故，能无毁无誉，得全身命于晚暮，亦差堪告慰也已。

一九七四年自序于广州美术学院

目录

卷一

砍树·· 3
逢又别·· 3
满庭芳·· 3
山后王楼作·· 4
山居·· 4
昨朝·· 4
雨后·· 5
南山·· 5
落花五首·· 5
送黄骏回四川·· 6
和黄骏留别诗原韵······································ 7
送黄骏·· 7
忆黄骏·· 7
寄衍芬·· 10
孤女　张衍芬父早丧···································· 10
门前·· 10
洪减河·· 11
河上·· 11
竹枝词·· 11

续竹枝词	12
嘲笠村小老头	13
低枝花	13
忆西湖	13
夜	14
将赴渝送衍芬归母家	14
离家二日寄衍芬	14
至涡阳	15
腊月十六日闻同乡还家偶题	15
元日寄衍芬	16
老河口留别诸友人	16
山行	16
巴中道中	17
望巫山	18
江行	18
渝州道中	19
到重庆	19
崖边	19
亡父	20
听雨	20
晨	20
东望	21
感时	21
见榴花	22

乡居	22
赠孙功炎	22
戏题	23
寄衍芬	23
再赋落花五首	24
重阳	25
晚菊	25
见折梅有感	25
寄衍芬	25
除夕	28
除夕得家书	28
不梦杨澹生	28
画梅花	28
答衍芬	29
读高启梅花诗后	29
答衍芬	29
元宵	29
咏花一首勉毛介一	30
巴山	30
红杏	30
巴山	30
落花五首	31
渝州客思	32
夜归	32

一官·····································32

清明·····································33

忆郭淑敏·································33

寄李素惠·································34

忆杨柳···································34

闻子规···································34

忽听·····································34

征兵·····································35

悲父·····································35

野望·····································35

忆种庄之会寄段笠村·······················35

忆西湖···································36

得家书···································36

寄长沙夏晨中同学·························36

流落·····································36

夜醒·····································37

少年·····································37

家贫·····································37

悔煞·····································37

行遍·····································38

得陈文健书谓已归不因以诗寄之·············38

忆西湖···································38

感时·····································39

书感·····································40

独夜	40
新都	41
赴乡	41
中秋	41
游老君洞　洞在重庆南岸真武山上	41
重九	42
芙蓉	42
遥观	42
我且	43
题花植庵先生抗战杂咏诗后	43
忆苏堤之游	44
芙蓉	44
月	44
夜晴	45
故都杂忆	45
枕上吟	47
寄北平友人	47
题妻女合照相片	48
中秋	48
约李可染看梅花	48
明善堂看梅花	49
题唐锦云越南杂咏诗后	49
除夕	49
渔翁	49

卷二

山中···53
觉诗思减退···53
过金刚坡···53
寄衍芬···53
题李可染水村图·····································54
咏牡丹···54
雨声···54
闻子规···54
野蔷薇···55
初夏···55
闻子规···55
痛极···55
夏夜···56
家在···56
寄王景唐···56
雁···56
枕上吟···57
晚秋···57
割稻···57
中秋···57
皓月···58

闻虫 ·· 58

寄陈文健 ······································ 58

题唐锦云诗后 ·································· 58

调乡 ·· 59

记梦 ·· 59

重九作 ·· 59

题孙功炎画月中美人 ···························· 59

碌碌 ·· 60

登高 ·· 60

梅花 ·· 60

渝州 ·· 60

过渡 ·· 61

醉如泥 ·· 61

行行 ·· 61

记得 ·· 61

别意寄衍芬 ···································· 62

深山 ·· 63

喜晴 ·· 63

进城 ·· 63

捣练子 ·· 63

芙蓉 ·· 64

归后柬王景唐王钟琴 ···························· 64

长江 ·· 64

看山 ·· 65

早岁	65
梦题诗燕子楼	65
题画松	65
年年	66
元日梦见妻女	66
春	66
偶成	66
二月十五夜作	67
闻蝉	67
门前	67
束王钟琴	67
秋夜	68
袅袅	68
偶成	68
题家园图	68
良夜	69
扬雄	69
屈平	69
端阳节寄王景唐	69
束单景云	70
赠单景云	70
赠王钟琴	70
小坐	70
新月	71

种菜	71
渐喜交游绝	71
村夜	71
观画展	72
中秋	72
中秋	72
忆吃石榴	73
忆衍芬	73
敝屣	73
八月	73
漠漠	74
乡居	74
喜晴	74
南瓜	74
天昏	75
闻警	75
昼晦	75
雾	75
雨后	76
询单景云何时来乡	76
万里	76
雨后	76
宿舍望月忆彭相承	77
秋草	77

晚读···77

柬段笠村···78

雨···78

晨起···78

罗衫···79

野望···79

闻说···79

秋光···80

喜鹊···80

题钟进士···80

萧萧···80

红叶···81

俏俏···81

我来一首柬诸友·····································81

答客问···82

初雪···82

遥望···82

新岁···82

梅···83

记梦···83

观从军三首···83

已过···84

雪···84

小松树···84

大雪	85
老松为大雪压折叹	85
老松为大雪压弯赞	85
自顾	86
崭然	86
愿作	86
残腊	87

卷三

新年	91
游明善堂	91
明善堂看梅花	91
早杏	92
书感	92
春草	92
教书	92
蜻蜓	93
闻捷	93
得归	93
偶题	93
君家	94
梅花茶花歌	94
新月	94

11

乱离	95
十六夜望月	95
惊起	95
团圆	95
晨	96
夏	96
定交	96
赠画	97
长短句 别情	97
相思难	97
深山	98
得书	98
不作	98
凤凰台上忆吹箫 别情	99
夜	99
闲步	99
哀降 此诗写于日本投降之后，签降之前	101
独步	101
闲步	103
中秋	103
十五夜望月	103
绝句	103
鸥鸟	104
夜	104

寄妻及弟	104
羁人	104
一自	105
送行	105
芙蓉歌	105
雨	106
孙功炎以郎官见称，因以诗答之	106
惊鸿	106
十月二十六日	107
代作	107
万里	107
忆西湖泛舟	107
读杜少陵集	108
忆同游	108
疑是	108
腊月一日	108
柬王青芳先生	110
古梅	110
山堂临去题壁	110
架上鹰	111
鹰	111
梅花松枝歌	111
花有经采折反得保全者	113
梅花	113

小别	113
再题梅花松枝歌	114
忆君	114
题画	114
天上月	115
燕洞桃花歌	115
过友人故居	116
遣猫	116
别燕儿洞	117
中秋作	117
还乡寄衍芬	117
舟中作	118
抵京	118
楼上花	119
再到南京	119
咏雪中海棠	119
饮酒	120
元日作	120
枕上吟	120
柬南迁友人	121
题画羊	121
题画牛	121
中秋望月	121
读前寄衍芬诗后	122

徐州作 · 122

留别段笠村 · 122

赠王景唐 · 123

登燕子矶 · 123

小女 · 123

今朝 · 123

戏答征婚者 · 124

重九答段无染 · 124

考试院看樱花 · 124

愿遣 · 125

柬王景唐 · 125

答蒋瑞云 · 125

闻张庆霂去世 · 125

柬蒋瑞云 · 126

柬蒋瑞云 · 126

游玄武湖 · 126

而今 · 127

卷四

送陈文健赴北京 · 131

回家过萧县县城 · 131

记梦 · 131

柬孙素 · 132

闻母丧	132
题老马图	132
题画	132
题旧任状	133
庐山作	133
长江大桥	134
初到广州	134
至新会	134
水车	135
选种	135
饭时	135
会城晒谷	135
民歌二首	136
述怀	136
怀友人在台湾	136
喜得子	137
至海南岛	137
松涛水库车子队	138
钢铁人　题钢铁连连长及连政委画像	138
秋风	138
旧友	139
先君	139
书怀	139
忆巴东之行	139

荒年	140
饮酒	140
柬蒋瑞云	140
老骥	141
观历代画展	141
晨	141
逢李可染	142
读丹青引	142
桂林作	142
漓江	143
作画	143
冯唐	143
忽看	144
柬王景唐	144
吃肉	144
长夜	145
咏蝉	145
蝉	145
读《说难》	145
春尽	146
能贫	146
游园杂咏	146
弟肇东来广州	147
人心果	147

答客问歌·················148

题画狮···················148

海行·····················149

在莺歌海梦画美人，并题诗其上，醒而记之·········149

过天涯海角···············149

海·······················150

舟中·····················150

文章·····················150

不眠·····················150

题自画像·················151

逢李桦···················151

暴雨·····················151

忆南京···················152

得王景唐宗惟成书有感·····152

放怀·····················152

柬李可染·················152

游鼎湖山五首·············153

圣狮禾场·················153

过孙中山故居·············154

过威远炮台···············154

威远炮台见解放军·········154

游七星湖·················155

花市·····················155

题一花牡丹···············155

苏州梅花盆景·················· 156

再到武昌····················· 156

琴台························· 156

洛阳道中····················· 156

道边························· 157

西安感怀····················· 157

西安作······················· 157

韦曲························· 158

樊川作······················· 158

留别汪占辉··················· 158

到北京······················· 158

赠徐天许····················· 159

行到························· 159

何所适······················· 159

画囊························· 160

怀友人······················· 160

一尘························· 160

悠悠························· 160

闻家乡水灾··················· 161

凭栏························· 161

利名························· 161

读史························· 161

八大山人鱼图················· 162

寄画························· 162

19

学画···162

画梅···162

题画　风景、工厂、静物·······························163

养鱼···163

落日···163

插秧···164

无名树···164

小技···164

稗···165

拔稗···165

书声···165

那莫妇女···166

读陈卓坤同志狱中诗草题后·····························166

卷五

一九六六年十二月十日夜，梦题"万点落花来去路，一窗明月短长更"醒而成之。时在怀集分校劳动···············171

下放南边干校···171

怀友人···171

登伯牙台···172

回思···172

煮药···172

题破画···173

一九七四年五月二十五日送明芳携三胖还家	173
八月一日医眼偶题	173
闻周总理逝世	174
忆秦娥	174
买鱼	174
天晓	175
题画	175
白云山怀陶铸同志	175
再到西湖	175
题八大山人画册	176
木棉树	176
怀友人	177
改诗	177
题少作鱼鹰图	177
题黄山图	178
题所赠画册	178
何以	178
凤凰台上忆吹箫	178
八声甘州	179
浣溪沙	179
阮郎归	180
凤箫吟　题照片	180
点绛唇	180
如梦令	181

长相思	181
兰陵王	181
惜琼花	182
把酒	182
读友人诗稿	182
少年游	183
车上作	183
蠡园	183
"文革"期间再到南京	184
白门怀旧	184
江南	185
韩文公祠	185
为老夏画像作　老夏，即老友夏晨中同志	186
我待	186
采桑子二首	186
题画　写于合肥	187
将去温泉	187
怀友人	187
北京作	188
浣溪沙	188
长相思	188
生查子	188
西江月	189
西江月	189

满庭芳　咏昙花	189
浣溪沙	190
西江月　题友人旧照	190
满庭芳　咏水仙	190
西江月　写于一九八二年美协迎春会	191
西江月　写于一九八二年高教局团拜会	191
鹧鸪天	191
偶然	192
一生	192
人逐	192
青玉案	192
浮萍	193
送君	193
西江月	193
夜	194
渔家傲　七夕作	194
相见欢	194
黄山作	195
扬州作	195
题宋亦英诗词集	196
满庭芳　萝岗观梅	196
浣溪沙　题所画美人蕉图	196
小重山	197
浣溪沙	197

对镜	197
乡音	197
游园	198
题个展签名簿	198
到鼎湖	198
不忍	198
有感	199
浣溪沙	199
戏和某女士征婚诗原韵	199
采莲曲	199
杨柳芙蓉歌	200
荆卿	200
今别离	200
长相思	201
王昭君	201
昭君叹	201
怨歌行	202
鞠歌行	202
谁能	202
已爱	203
何处难忘酒	203
江城子	203
登黄鹤楼	203
席间留别诸同志	204

海门·················· 204
中秋作················ 204
圣母子················ 204
红豆竹枝·············· 205
凭阑人················ 205
寿阳曲················ 205
得胜乐················ 206
山坡羊················ 206
四块玉················ 206
锦橙梅················ 206
枯昙·················· 207
雁儿落带得胜令········ 207
殿前欢················ 207
今无·················· 208
泪···················· 208
当年·················· 208
自述·················· 208
自笑·················· 209
问君·················· 209
为李铁夫作············ 209
东坡梦················ 210
柬莫非同志············ 210
过中山像·············· 210
落花·················· 210

25

题断肠集 ·· 212
人月圆 ·· 212
望江南 ·· 212

卷六

梦题诗燕子楼 ··································· 215
戏马台怀古 ····································· 215
或似 ·· 215
有感 ·· 216
生日作 ·· 216
项羽 ·· 216
凤凰树 ·· 216
从此 ·· 217
题田沧海佛像画展 ······························· 217
壮士行 ·· 217
长相思 ·· 218
怀友人 ·· 218
昨夜 ·· 218
为廖冰兄研诗会作 ······························· 218
不惮 ·· 219
见刺桐花开 ····································· 219
西江月五首 ····································· 219
七夕 ·· 220

枕头布 221

诗画 221

闻芳松去世 221

皇藏峪 222

圣泉寺 222

敢与 222

读《文心雕龙·知音篇》有感 222

相逢 223

白头翁 223

不知 223

喜赋香港回归 223

屡梦李可染 224

毋薄 224

寨儿令 225

题长征图卷 225

咏画 225

忆梅 225

分明 226

七一竹枝 226

九十岁作 227

一曲 227

27

补遗

读石达开日记	231
鲁山道中	231
石榴	231
闻孙功炎离北碚因以诗寄之	231
忆汪占非	232
画牡丹	232
题家园图	233
夏	233
初夏	233
雨至	233
新年	234
赖家桥访王治安	234
中秋	234
元宵　似有人扫墓	235
雷	235
即景	235
晚稻	235
诗画	236
赫鲁晓夫五首	236
闻史丹林遗体被焚	237
解闷	237

椰子	237
柬景唐	238
茶花	238
改诗	238
中秋作	239
画梅	239
读艺术杂志	239
天净沙　是由乔梦符天净沙改作	239
昙花	240
长相思	240
沉醉东风	240
莫言	240
送黄骏归省	241
此来	241
别意	241
观安徽版画展	242
答问梦中人为谁	242
蝉声	242
今晨	242
上清寺　重庆街名	243
夜坐	243
柳枝	243
闲坐	243
郑会琴同志赠挂绿荔枝	245

作画··· 245
庭梅··· 245
咏梅··· 245

跋··（李汝伦）246

卷一

（一九二六——一九四二）

砍树

一九二六年,因国民革命军北伐停学家居,写诗数十首,唯此一首尚能记忆。余皆失落。

年荒无米复无烧。秉斧园林砍树梢。嘱咐江头三两鸟,归来莫念旧时巢。

逢又别

相处不知厚,相隔何相思。一朝复相见,依依不可离。宛转身之侧,徘徊路之歧。欲言无多语,语亦哀且凄。夕阳西下急,作别安得迟,含悲一握手,去矣从兹辞。音尘各阻绝,生死两难知,姑苏黄昏后,怅怅其何之。

满庭芳

燕语梁间,鸦巢柯畔,绿杨低映红栏。淹留燕市,作客又经年。多少赤心旧事,一番梦,回首云烟。斜阳外,禁城金殿,三海碧连绵。

北来,居此地,恰如断雁,遥避弓弦。暂追随冷暖,漂泊人间,昨日家园有信,花正好,月正团圆。春肠断,高楼倦倚,晚露湿重衫。

山后王楼作

一泉当户路三叉,栲栳峰前暂是家。万顷麦田翻碧浪,满山榴树吐红芽。路旁柳暗听啼鸟,窗外风多数落花。更向高山最高处,采来野草作新茶。

山居

地僻人稀可避身,幽居遁迹此山根。榴花万树红遮屋,溪水一湾绿到门。日出河头渔晒网,月明栏畔牧归村。愁中爱看妻儿笑,世乱家贫倍觉亲。

昨朝

昨朝微雨新泥滑,雨后风光入望佳。烟柳露桃千万树,土墙茅舍两三家。满山春草牛羊健,一阵东风燕雀斜。日暮乡村笙歌起,池塘水暖几声蛙。

雨后

墙头山杏开红锦,堤上垂杨笼碧纱。独有石榴春信晚,昨朝经雨始抽芽。

南山

南山山上雨如烟,山下青青麦似毡。柳外一枝红杏艳,碧罗帐里美人眠。

落花五首

天外风雷似鼓鼙,飘然惊坠任东西。织成锦绣莺梭老,裁遍罗绡燕剪低。失足已沉春井水,多情更作护花泥。从今不向村前笑,红杏梢头剩酒旗。

飘然飞去复迟留,堕地低昂舞几周。半面妆存往日笑,一生心为落时愁。鸟声哽咽啼空树,月色凄凉照小楼。何处园林重把酒,满天绿叶尽成秋。

玉容寂寞意凄其,万转千回下地迟。人瘦适当红瘦日,香残正是泪残时。在山枉惜春风面,失路谁怜绝代姿。惆怅露华秋艳处,暮烟疏雨锁空枝。

树底新痕杂旧痕,风吹灼烁散山村。马蹄红碎强开眼,屐齿泥香合断魂。结子依然伤薄命,无言独自向黄昏。由来此物多情甚,堕地犹思雨露恩。

三月园林浩劫频,蓬飘萍转任沉沦。不知踪迹归何处,但觉繁华老此身。遗臭遗香千古事,乍开乍落一番春。教他枉自怜脂粉,只嫁东风不嫁人。

送黄骏①回四川

半边初日晓烟飞,杨柳风软曳客衣,携手送君不忍别,西归路上故人稀。

屈指离家已六春,东来杀敌阻音尘。合欢堂上忽相见,妻子应疑梦里人。

不须蜀道叹嵯峨,江上往来船舶多,地过巫山凭借问,当年神女近如何?

①黄骏,台儿庄战役中川军受伤战士。伤愈后参加游击队。

和黄骏留别诗原韵

万里还家望媪翁,台儿庄战建奇功。伤痕带到西充①去,父老应瞻壮士风。

①西充,县名。

送黄骏

国破家亡无定身,相逢患难且相亲。文章细论剪灯烛,戈马同驰出阵云。明日分襟怜聚散,今宵把盏感风尘。他年巴蜀如途遇,莫忘而今是故人。

忆黄骏

两篇留别诗犹在,一去还家信未闻。知否今宵寒腊夜,灯残月落正思君。

子欠開作唇一霎春魂他狂自
憐脂粉只婦東風不嫁
玉容寂寞悽其萎腄千迴下
地遅人瘦適当紅瘦日香殘正是
源殘時在山狂惜春風面失路
誰憐絶代姿惆悵露華穠艷变
冥冥烟陳雨鎖空枝
樹底新痕雜舊痕凡吹灼爍
藪山村馬蹄紅碎强開眠屑
齒淚香含斷魂結子依然傷
庚申令言独自向黄昏由来
此物多情甚随地猶恩雨露恩

落花五首

天外風雷似鼓鼙　飄至驚墜任
東西織成錦繡　鶯梭老織遍羅
綃　燕勞低失足已沉春井水多情
更依護花泥　從今不向村前笑
紅杏梢頭臘酒旗

飄然飛去復返遶　隨地低昂舞
幾闋　半面妝存往日笑　一生心為
落時愁　鳥聲哽咽空樹月
色凄涼照小樓　何更園林重
把酒洵天　綠葉衰
三月園林浩劫　頻逢飄萍聚

《落花五首》 王肇民 1988年6月书

寄衍芬[1]

春残日暮病中身,病里相思梦里亲。两地分看团圆月,一年长作别离人。寄书临发犹添字,归路不知屡问津。东望云山猛搔首,移家无计总劳神。

①张衍芬,作者第一个妻子。一九四八年病故。

孤女　张衍芬父早丧

书卷远抛学纺纱,粗缯大布减容华。惭将柴米劳阿母,勤把之无教小娃。早岁成孤兼多病,绮年出嫁尚无家。侨居更使夫妻别,泪湿衣衫脸鬓斜。

门前

门前水似若耶溪,绕过孤村入麦畦。牧犊小儿眠草岸,浣纱大姐坐苔矶。鱼吹细浪青罗皱,燕剪落花红锦飞。一阵春风莺乱语,清声穿柳到重扉。

洪减河

洪减波澄映晓霞，绕村流过万人家。岸旁罗绮千株柳，水上笙歌几处蛙。红藕风前一瓣落，青山天外两峰斜。饭余闲向河边站，笑看儿童戏浪花。

河上

河上高居河水干，渡河不用往来船。满枝青豆么桃树，一片黄云二麦田。晌午牛眠芳草岸，锄禾人歇绿杨边。乡村四月南风起，汗湿衣衫似涌泉。

竹枝词

红花布褂碧油头，缎子小鞋绣石榴，缓缓行来柳下站，俯看河水低双眸。

隔河远叫阿兄迎，手捻花枝身自倾。无意莞然只一笑，青山流水尽多情。

绳床高坐两人抬，一朵芙蓉水上开。过得横河姊妹问，为何不带小郎来。

原来春色在邻家，茅屋三间当路斜。自是阿娘增谨慎，土墙缺处夹篱笆。

续竹枝词

新篁篦子出常州，买自嫁时今尚留。一把青丝垂两臂，绿槐荫里细梳头。

唇红齿白柳眉长，鹅蛋脸儿鬓发光。手把罗裙绣花朵，青荷叶底睡鸳鸯。

每于石上浣纱时，故倚东风弄玉姿。一种丰神谁得似，若耶溪畔醉西施。

轻摇莲步到邻家，树底墙荫闲磕牙。说得什么浑不解，但看粉面泛朝霞。

乍晴天气近黄昏，半倚低墙半倚门。看得人来微一笑，朱唇开处尽销魂。

嘲笠村小老头

老头愈老愈轻狂,云雨巫山枉断肠。最是梳头槐树下,青丝红粉衬新妆。

纵然相见便垂涎,一道篱笆高似天。嘱咐老兄须仔细,爱花切莫做花癫。

托诸吟咏枉着魔,欲折花枝奈老何。身小脸黑都不怕,可怜只是胡须多。

低枝花

纷纭翠叶离披日,绝艳新红开放时。只为朝朝风雨恶,好花不爱上阳枝。

忆西湖

昔年西子记曾游,三载流连意未休。灵鹫钟声天外响,蓬莱宫阙水中浮。六桥船过苏堤晓,宝塔鸿高葛岭秋。日暮湖边歌管奏,美人明月正当楼。

夜

荒村冷落日沉西，池树叶稀见鸟栖。风过疏篱惊犬吠，月明深巷乱鸡啼。时从红烛光中逝，梦向黄粱枕里迷。似有人行门外路，隔窗唯听语音低。

将赴渝送衍芬归母家

离家怕见红颜泪，去国独寻白发亲。我欲远行先送汝，不教汝送远行人。

薄薄行装短短程，母家此去一轮轻。稚儿不解愁将别，尚唤阿爹随后行。

暂时分手莫衔哀，不用山头望客回。白雪天涯纵别去，绿杨时节定归来。

离家二日寄衍芬

昨日离家试远征，时逢岁暮始登程。方期琴瑟千年合，忽作巴渝万里行。此后关山凭我去，于今儿女赖君成。长途迢递三冬夜，愁中邻鸡报晓声。

忙忙碌碌复辛辛，破帽疲驴趁早晨。万里河山无雨雪，一鞭星月走风尘。他时莫悔今时别，来日长存此日亲。屈指离家谁送我，八旬祖母到村门。

阳关不阻转蓬身，远道寻亲又去亲。别后共烦青鸟使，归来还是黑头人。封侯万里原无志，作客三巴竟有因。若向天涯将我问，征途滚滚满风尘。

至涡阳

身如蓬梗意如麻，仆仆风尘亦屡嗟。驽马离群犹恋栈，征夫出外尚思家。地经涡市逢知己，节近年关感岁华。此去巴山蜀水上，何时得转故园车。

行行不过二百里，去去尚余千万程。水涨蜀江母妹泪，岁阑涡市女儿情。共看明月人三处，独听寒乌夜五更。客梦醒来还记得，乱山顶上独屏营。

腊月十六日闻同乡还家偶题

年关切近尽思归，人竞还家我独违，此去巴渝千万里，寸心何日报春晖。匡床倦倚夜将分，斗室无光月色昏。一片乡心拴不住，也随归客到家门。

元日寄衍芬

远无知己近无亲，遥望天涯益怆神。旧事渐成今日梦，新年适作异乡人。入肠酒化相思泪，经眼花开寂寞春。想得明朝鄂北路，千山万水一征轮。

老河口留别诸友人

几日前头便欲行，临行反觉去匆匆。今朝谈笑一杯酒，明日关山万里风。流水生涯时左右，落花身世各西东。别筵漫说飘零苦，路远天长个个同。

山行

行倚长筇坐倚松，远游何处托孤踪。回头不见来时路，雪压东南千万峰。

崎岖石役冻泥新，结伴同行三两人。红叶满山雪未尽，不知客里已深春。

峰岭参差叠翠鬟，征途一发白云间。只因山好添诗思，却为诗思误看山。

竹里才通一径斜,两三茅屋见人家。山中谁说逢春晚,红杏争开二月花。

深山大壑逐溪行,溪水中分绿岛平。岛上无人鸡犬静,隔林唯见短墙横。

潇潇声忽动苍崖,回视朝阳一镜开。竹里瀑泉人不见,误疑风雨过山来。

山头白雪依然在,山下桃花放早枝。想是东风吹不到,峰高反自得春迟。

绝壁穿云不易攀,连峰万里路回环。寻常都说山中好,不入山时始爱山。

插天遥望势崚嶒,路入晴云又几重。奋步忽然登绝顶,群山还让我为峰。

巴中道中

经过一关又一关,也尝辛苦也尝闲。已无力气登盘路,尚有心情看好山。落日灭明苍莽外,行人摇曳白云间。攀荆梯石忘艰险,高立层峰始解颜。

满面泥尘满面风,远从河口到巴东。荒村大半无人住,幽谷偏多有路通。涧水高悬千丈碧,山花突发一枝红。香溪溪上人初睡,残月如钩挂敝篷。

望巫山

草绿江边江水新,巫山缥缈更生春。如何此地觅神女,不见高唐梦里人。

晓立巴东旧驿亭,行人喜见巫山晴。大江一道飘飞练,十二峰开翡翠屏。

江行

壁立剑排两岸山,峡江水急作飞湍。扁舟行到波心处,一叶浮沉天地间。

一声柔橹破重云,万里青山两岸分。雨歇天晴风乍起,满江春水作鳞纹。

行人西去水东归,二月春江风浪微。忽过滩头惊起处,一双白鹭绕船飞。

万里长流一线天，天将尽处水相连。江行每到险巇地，两岸青山欲上船。

渝州道中

　　渺渺烟波天尽头，行人远作古渝游。云山两岸青螺动，春水一江碧玉流。滟滪堆边日影暗，瞿塘峡上雨声愁。而今又是无家客，万里飘零寄一舟。

到重庆

　　几上药方单尚白，坟前宿草已垂青。既悲死者怜生者，母妹相逢一泪零。

崖边

　　绿竹崖边石路歧，一抔黄土草离离。生前琐事谁犹记，老母喃喃话旧时。

亡父①

早入公堂天未明,晚归频到夜三更。辛勤十五年间吏,换得儿孙书记名。

抱病从公难邀赏,为官廉俭亦殊痴。每思亡父当年事,敢作人间不肖我。

①父,名容字伯涵,一九四〇年病故重庆。

听雨

云满巴山风满楼,天寒四月似凉秋。销魂怕听东来雨,一片潇潇故国愁。

晨

睡足公堂初起时,淡烟漠漠日迟迟。晓来公案闲无事,斜倚芭蕉读小诗。

东望

几点青山几点烟,烟弥山隐白云连。白云东望渺无极,家在白云云外边。

感时

来如骤雨去如电,进不可当退莫追。倘把满朝文武算,御胡飞将有阿谁。

信使有心传捷报,将军无力复山川。中原父老空流泪,西望旌旗又一年。

巴岭蜿蜒巴山流,楼台高下古渝州。伤心怕向东南望,一片降幡出石头。

半壁河山一叶身,飘零何处避胡尘。庭花亦感兴亡事,露湿犹如堕泪人。

见榴花

闲步小园日已斜,绿荫四面碧于纱。就中一点红如火,认是石榴枝上花。

照眼穿帘动客心,故乡遥忆正缤纷。山南山北争开日,万树千林堆火云。

乡居

草茅为盖竹为梁,黄土调泥板打墙。绕屋一园菘菜小,连云十里稻花香。蝉依密叶弹新暑,蛙戏清波唱晚凉。半启蓬窗天外望,白云起处是家乡。

赠孙功炎

异乡作客四千里,淡水论交十二年。今日嘉陵江水畔,且相见处且相怜。

戏题

诗题粉壁付谁裁？一曲清歌百虑开。不爱碧纱思红袖，拂尘还待女郎来。

寄衍芬

迢迢一纸报平安，两地相思一样看。去客常思归客好，离家始觉在家欢。情亲别泪交流易，路远征衣见寄难。欲向楼头舒倦眼，江山无限独凭栏。

拨云东望几沾襟，魂断三巴不可寻。万里河山悲板荡，一家骨肉叹星分。眼前儿小怜余远，陌生田硗赖汝勤。闻道别来多少恨，机中锦字已成文。

远游何处可寻欢，别后心情强自宽。书寄千行鸿雁倦，镜怀半面凤鸾单。来时枉说还家早，到此方知归路难。憔悴嘉陵江水畔，凄风冷雨不胜寒。

隔江遥望万峰青，惆怅天涯感雁零。已拼千朝醺酒市，何曾一夜宿邮亭。人从梦里相逢好，诗在别时独易工。莫向他乡逢七夕，宵深常羡女牛星。

再赋落花五首

星星点点堕苔茵，一落一开一度春。此日骨成兰麝土，当时神似绮罗人。上林红散千丝雨，紫陌香消万丈尘。回首空枝先自问，再来谁认隔年身。

骚人心性美人姿，曾荷三春雨露滋。已落依然恋故蒂，再开必定易新枝。铅华狼籍随流水，事业荒唐托小诗。莫向细腰宫里住，当年应恨堕落时。

不逐游丝上下狂，聊凭水面托文章。春心已作冰霜意，丽质空劳莺燕忙。老去东风无着处，归来西子有余香。长安三月残红满，飞入人家白玉堂。

满天清影堕残枝，惋惜年华枉费词。春尽原非红尽日，香残正是泪残时。绿珠效死酬恩晚，蔡琰归来再嫁迟。莫叹此身零落早，人间花草有参差。

寻春莫向凤城西，红紫阑珊入眼迷。树老枝残香径杳，楼空人散子规啼。胭脂此日皆成泪，锦绣于今都是泥。惆怅东栏情不已，满天绿叶雨凄凄。

重阳

丹叶黄花坐举觞,巴山山上过重阳。飞鸿莫报乡关信,细雨秋风正断肠。

晚菊

巴山雨后北风寒,十月霜华尚未残。梦里不知惊岁晚,好花疑在故园看。

见折梅有感

生平不作梅花树,人爱梅花折尽枝。枝尽花空余秃树,满头风雪岁寒时。

寄衍芬

去年腊月出乡关,今日隆冬尚未还。一种相思难解劝,问君几上望夫山。

归来西子有馀香长安三月
残红泼飞入人家白玉堂
满天清影随残枝惋惜年华在
费词春去意非红杏日香残
只是浓残时绿珠致死酬恩
晚蔡琰归来再嫁迟送叹此
身零落早人间夜草有参差
寻寻春莫向鸾城西红紫闹珊入
眼漾 树老枝残看径香楼空人
散子规啼胭脂此自甘成溪锦绣
千今都是泪惆怅东阑情不已
烘天绿叶雨潇潇

再赋落花五首

星星点点随苔茵，一度一开一度春。
此日骨骸埋麝土，当时神似绮罗人。
上林红萼千丝雨，紫陌香消茉女台。
回首空枝先自问，再来谁认隔年身。

骚人心性美人姿，曲日荷三春雨露。
滋已落依然恋故苔，再开必定易。
新枝铅华狼藉随流水了，小待莫向细腰宫。

里佳当年画眼随楼府，岂羊荒唐话。
卿凭水面话文章，不逐游丝上下狂。

《再赋落花五首》 王肇民 1988年6月书

除夕

新年可当寻常过,除夕岂容不忆亲。想得家中妻女在,此时也念远游人。

除夕得家书

离家又过一年余,除夕家书到客居。垂首灯前和影看,惊风吹雪入寒庐。

不梦杨澹生

知君化去应如在,往岁时来梦里游。今日死生途更远,英魂不解到渝州。

画梅花

桃为颜色雪为神,冷艳别饶一种春。我是当年林处士,花开写作小夫人。

答衍芬

家书今日到渝州,见说平安万虑休。客里情怀难自主,因君欢喜因君愁。

读高启梅花诗后

先生不识岭头春,惯把冰容比美人。谁解此花心更苦,结成梅子尚酸辛。

答衍芬

锦书今日到官衙,字字伤心句句嗟。万种艰难卿作妇,十年漂泊我无家。孤灯夜对寒窗雨,倦眼春看远地花。非不欲归归不得,干戈满地老天涯。

元宵

去年正月元宵夜,月在中天人在家。今年正月元宵夜,月在中天人在巴。白日思归悲远道,青春作客感韶华。愁看杨柳枝头外,皎皎圆辉向户斜。

咏花一首勉毛介一

一株荣艳破春寒,开向君家九曲栏。不可临风轻折取,好花只合枝头看。

巴山

巴山正月万花红,巴山二月万枝空。可怜春早春归早,正是春时春已终。

红杏

松老已多垂枯叶,竹黄犹未见抽芽。山中何物逢春早?红杏新开满树花。

巴山

豌豆花开麦穗齐,樱桃洽洽压枝低。巴山二月春如夏,绿树荫中杜宇啼。

落花五首

来从天上到人间,一到人间便不还。每系蛛丝伴作蝶,偶沾柳絮滚成团。巍峨不羡山长在,荡漾且随水自闲。回首林园春更晚,空村空叶泪痕斑。

零落霞妆聚不成,纷纷过眼总伤情。啼烟泣露春愁重,飘雪回风舞步轻。逸世谁怜夸绝代,入宫自讶许倾城。何时再向高枝笑,万树千林映月明。

聚如碎锦散如烟,点缀人间又一年。老去方知结子晚,开时枉觉得春先。韶华已被红颜误,身世难邀青帝怜。暂托芳踪谁领管,几番飞上笋芽尖。

谁将丽质委尘泥,片片东来片片西。落地已难分贵贱,托身哪复计高低。香风满院月初上,红雨一天莺乱啼。检点春光余几许,新枝新叶与云齐。

月明如镜草如茵,紫泊红飘逐细尘。河水高山出塞曲,东风啼鸟堕楼人。一务落拓十年梦,几日繁华六代春。浊世荣枯都历尽,浮生始悟此时身。

渝州客思

巴山巴水尽含忧,逋客飘零岁几周。路阻蚕丛行复止,官嫌鸡肋去还留。烽连秦晋三千里,血染荆吴百二州。昨夜梦魂惊定后,隔窗忽见月当头。

夜归

万千灯火见人家,夜半归来斗柄斜。独向空阶一伫立,月明风定落桐花。

一官

一官如隐渡艰时,瓦舍三间乱木支。山里逢人询世事,愁中得句寄心知。百金薄俸养亲少,万里奔丧为子迟。昨夜梦回肠断处,月明如镜挂疏枝。

清明

青山隐隐水莹莹,柳涨平川花满城。片片东风人似梦,一帘烟雨过清明。

忆郭淑敏

满庭芳草满庭花,周末来时烟酒茶。记得新街口边路,粉墙朱户是君家。

当年形影尚依稀,恰似阶前蝴蝶飞。新制艳妆着我看,黑披肩衬淡黄衣。

绣户银屏向晚开,黄昏课罢下堂来。相逢一笑无多事,小戏灯前扑克牌。

银烛摇红光色妍,纱窗粉壁绿垂帘。兰房坐话家常事,不觉谯楼半夜天。

碧云寺里共徘徊,岁岁看花结伴来。柳眼才青桃瓣小,一林红杏满山开。

寄李素惠

燕台一别太匆匆，别后花开几度红。事有流连劳远梦，人无消息怨征鸿。江城独对中天月，桃李空怀北国风。想得玉楼多暇兴，西郊春好与谁同。

忆杨柳

野竹长松不耐看，常思杨柳圣湖边。春风二月堤桥畔，万缕金丝拂画船。

闻子规

小立春阶露气清，幽然独听子规声。声声不断唤行客，夜半空山趁月明。

忽听

桃花烂漫柳条新，贪看春光已忘身。忽听子规枝上叫，始知身是未归人。

征兵

弱者饿死强者病,未到沙场身已摧。昨日邻家有喜事,百金赎得小儿回。

悲父

乱离垂老出家门,万里飘零一病身。捷报未传身已死,巴山长作望乡人。

野望

碧桃红杏知何处,花已成尘枝作薪。唯有门前新竹子,一林映水翠初匀。

忆种庄之会寄段笠村

昔年嘉会与谁同,杨柳河边茅舍中。二麦连云两岸绿,大桃着地满园红。弹棋争子巧相谑,得句联诗不让工。更爱东邻碧玉好,共夸风致比惊鸿。

忆西湖

山为螺髻水为襟,柳是蛾眉花是唇。十载相思常自问,别来西子属何人?

得家书

每逢书到便辛酸,世乱家贫事事难。唯喜娇憨两小女,已知寄语问平安。

寄长沙夏晨中同学

南天北地久离群,世路歧多岂暂分。五岁三迁仍故我,六年一别最思君。巴山夜雨惊残梦,湘水春波接暮云。后会茫茫何处是?落花风卷正缤纷。

流落

流落巴中道,春花几度红?河山空涕泪,家国阻兵戎。米贵官尤贱,钞多人更穷。年年为客苦,不敢望江东。

夜醒

筐床一梦睡初醒，山气撩人夜二更。忽地闻雷天上望，半边云雨半边星。

少年

少年壮志欲凌云，老大始伤无用身。宁向权力为走狗，莫从书卷作诗人。玉楼连苑家家第，锦幄明灯夜夜春。试望长安九陌上，朱轮过处起微尘。

家贫

家贫莫向富儿诉，身困不教贵者闻。倚柱何人弹剑铗，只今未有孟尝君。

悔煞

烟消火冷当年事，地僻心闲此日身。悔煞杭州西子畔，湖山教我作诗人。

行遍

行遍长天欲尽头，十年客路鬓毛秋。而今真个思归去，二亩庄田万事休。

得陈文健书谓已归不因以诗寄之

一笺飞至已乘风，白首青山碧浪中。莫说此行未远送，心随流水到巴东。

风流惯数老司勋，此去巫山恰称君。潮落江平风月夜，应多好梦到朝云。

已托清风致远思，更凭流水寄新诗。纵然万里相离日，犹是巴山夜雨时。

忆西湖

宜晴宜雨最宜春，如洗湖山不着尘。花满园林水涨堵，柳遮楼阁月迷津。白篷障日描游艇，红袖临风看美人。欲向钱塘寻旧梦，淡妆浓抹记难真。

隔帘风动起微波，潋滟清光拟碧罗。山半钟鸣知寺晚，水边笛奏觉船过。拂衣翠摆苏堤柳，映日红开曲院荷。最是西泠桥畔路，衣香人影共婆娑。

黄昏时节爱闲游，落日秋风放晚舟。灯火阑珊湖上路，笙歌婉转水边楼。绿芜鹭宿阮墩静，黄叶鸿高葛岭秋。兴至百钱一壶酒，岳坟西畔断桥头。

孤山山下记徘徊，处士坟前望几回。梅老徒寻人去后，亭空犹待鹤归来。树头雪积千花发，湖上冰凝一镜开。风月也知年代改，南屏钟鼓至今哀。

昔时西子近何如？肠断江南音信疏。留恋只容三载正，别离已逾十年余。天涯沦落思前辈，门巷萧条忆故庐。今日胡尘更满面，湖山回首一欷歔。

感时

谁将巴蜀作金汤？极目凄凉感恨长。冠盖齐奔入剑阁，楼船未许出瞿塘。匡时无计收京阙，夷难何人任栋梁。自古中原多板荡，秋风戎马正仓皇。

生平爱读放翁诗，忧愤当年著句时。一代兴亡行注定，几人和战尚争持。空言海外来飞将,但见城头变戍旗。莫向秦庭重哭诉,秦兵也是丧亡师。

将军待旦枕霜戈,争奈倭奴强横何。版籍徒留秦郡县,旌旗已改汉山河。弥天草木血腥重,失国人民涕泪多。昨夜酒阑声断处,隔江谁唱后庭歌。

郁郁巴渝两度秋,西风吹泪满山楼。已闻胡马屯江夏,又见降幡出石头。功过岂关吾辈事,兴亡枉作匹夫忧。金瓯一碎难重整,击楫凭栏恨未休。

书感

五年坐困据西隅,更把巴山凿路衢。京阙何妨迁蜀汉,楼船应即下夔巫。将军若定征戎策,志士甘捐少壮躯。指日中原堪复得,此生未可付区区。

独夜

万里巴渝游,危栏独夜楼。征魂天际去,客泪月中流。兵甲连荒塞,河山入暮秋。萧萧惊落叶,肠断几回头。

新都

西风猎猎暮云开,落日荒凉草木哀。山起郊原当壁垒,江蟠城郭护楼台。地连关陇征途险,人近戎羌世俗乖。寂寞新都时一笑,自怜辛苦贼中来。

赴乡

木未凋零草未黄,城中天暖不知霜。此来忽觉深秋到,风过家家丹桂香。

中秋

直到中秋雨未停,黄昏不见月华生。思来还是无月好,省似故乡一样明。

游老君洞　洞在重庆南岸真武山上

攀藤拾级到山巅,绝壁前头一快然。花草丛中瞻宝殿,松枝疏处瞰江船。楼台栉比州城壮,陇亩棋分阡陌连。有个道人经诵倦,廊檐底下枕砖眠。

重九

满城丹叶满林霜,满城黄花满院香。万里江头逢暮节,十年客里过重阳。山容明净水容瘦,官兴萧闲酒兴长。醉把茱萸天外望,白云起处是家乡。

芙蓉

野草长松绿竹丛,经年不见有花红。何来一棵芙蓉好,开向窗前舞晓风。

小院无人徒自馨,风风雨雨可怜生。要知冷落寒花意,犹有青春无限情。

秋来从未见黄花,却比黄花色更佳。一样傲霜情更好,白如香雪赤如霞。

遥观

芙蓉绕屋是谁家?隔岸遥观散绮霞。应是主人容更好,傍花必定可羞花。

我且

我且山中乐我闲,佣书位置却天然。公堂早入清残牍,客舍晚归读异篇。官小几疑禄是隐,身闲常觉日如年,焚香何事求诸佛,但得逍遥便是仙。

题花植庵先生抗战杂咏诗后

驰驱南北有殊勋,早岁曾经百战身。老觉沙场无意味,抛将戈马作诗人。

满纸珠玑诗百篇,笔花老后更精妍。由来风喻宜轻浅,从古人夸白乐天。

半壁河山感慨深,中原何处致忠忱。放翁心事杜陵泪,合与先生作苦吟。

万象都归一卷中,欲将风雅诲愚蒙。要知古调悲凉处,不为人穷为道穷。

拨灯披卷仰高才,华岳千峰天半开。凡鸟敢轻题凤字,新诗未定待鸿裁。

忆苏堤之游

堤上桃花映水明，堤边杨柳着烟轻。人从锦绣堆中过，船在玻璃镜里行。细雨来时迷古寺，乱山缺处见州城。短衣敝屣六桥路，踏遍西湖二月晴。

芙蓉

露冷霜清翠袖寒，宵深应怯绮罗单。横塘月出初分影，小院人归正倚栏。有酒权将金菊醉，临流可作玉莲看。几回愁向江头望，漠漠烟波涉采难。

月

初三初四斗眉尖，十二十三宝镜偏。二十二三弓影瘦，一年能有几回圆。

夜晴

倚枕愁听两月雨,开门喜见一天星。明朝纵足新晴日,黄叶青山冈上亭。

故都杂忆

几回肠断故都春,花拥层城入碧云。当日骑驴花下过,残红如雨落纷纷。

牡丹芍药万千栽,朵朵新红向晓开。三月中山风日美,无人不道看花来。

五龙亭上晚来风,风荡茶烟灯火红。月照波光忘夜永,呼舟潜入藕花中。

山上楼台水上山,中南北海碧连环。绿波缓缓轻舟去,柳外荷花飞白鹇。

春来每向西城西,路夹垂杨鸟乱啼。未到颐和先一望,长廊香阁接金堤。

太庙门前二月中,长安街上万花红。往来车马匆匆处,白鹤林间舞晓风。

春水一池罗绮新，朱栏杆外柳初匀。最怜北海桥边路，花气衣香共袭人。

霜前雪后日初晴，隔院遥闻笑语声。垂手折腰冰上舞，女郎身比掌中轻。

黄昏时节爱凭栏，隐约金亭落照间。久锁朱门人不到，此时始识景山闲。

紫禁城边杨柳青，行人指点旧宫庭。玉阶细草丛生处，犹有千官候旨亭。

白塔塔前瞰旧京，楼台高下接青冥。斜阳落木纷纭处，一片黄云是禁城。

白水青山映夕阳，黄花丹叶满秋霜。燕郊不是秦淮路，也有萧疏树几行。

春来每到西山岑，山上楼花千万林。闲向花前画花朵，残花风落满衣襟。

秋老香山转少年，如花丹叶满头鲜。晓来西向云间望，日照连峰似火燃。

曾在太和殿下行，无花无树独峥嵘。此时始识宫阙壮，一座金山俯玉京。

艺苑三年作教师，莘莘学子尽相知。每思公寓恳谈夜，我似阿爷生似儿。

绿杨深处映朱门，红杏梢头见远村。一骑西郊寒食路，东风微雨最销魂。

回首前游记不全，当年风物尚依然。昨宵梦见西山月，犹在碧云寺上边。

枕上吟

软棉为被棕为床，风雨秋高夜未凉。忽地醒来微一笑，适才有梦到家乡。

寄北平友人

巴山日暖杏飞花，燕市风寒柳未芽。安得身如双燕子，衔将春色到君家。

题妻女合照相片

劝君莫怨上江船，载我西来归去难。一帧传真红烛畔，别时可作见时看。

来时学语未曾谙，行倚摇床独步难。今日遥闻阿母赞，膝前已解忆长安。

中秋

嘉陵江上逢佳节，佳节年年一度愁。明月不秋人更远，满天风雨过中秋。

约李可染看梅花

适从明善堂前过，曾把青枝仔细看。为报故人春消息，梅花一树已将残。

明善堂看梅花

今朝山上看花回，明善堂前正落梅。为恐春光虚掷却，临行折得一枝归。

题唐锦云越南杂咏诗后

西瓜椰子满街头，荷放平湖好放舟。明月梅花寒腊夜，北风吹梦到南州。

除夕

粗蔬薄酒岁云除，亲友无人过敝庐。依旧凄凉风雪夜，一灯如豆读残书。

渔翁

昏昏尘雾暗楼台，大地无声静以哀。天角通明知雨至，树梢不动识风来。蝉移家室拖飞响，燕起云霄趁远雷。我亦舣舟向岸去，恐遭恶浪泊江隈。

卷二

(一九四三——一九四四)

山中

二麦青青铺碧毡，菜花点点散金钱。午鸡声歇炊烟起，雨过春山响杜鹃。

觉诗思减退

草满池塘花满枝，春来岁岁写新词。而今战乱风情少，搜尽枯肠未有诗。

过金刚坡

黄竹苍松浑似秋，寻春不见一春愁。昨朝忽过金刚路，春在垂杨枝上头。

寄衍芬

正月巴山春正新，梨花开似岭头云。遥思故国春寒峭，花在枝头瓣未分。

题李可染水村图

君来巴蜀群山地,偏画江南水国图。写到堤边杨柳处,应牵旧梦到西湖。

咏牡丹

烽烟烽火过新春,金镂银雕锦绣身。莫向人前夸富贵,此时富贵适羞人。

雨声

山庭地湿长莓苔,桃杏家家当户开。正恐春时花事了,隔帘吹过雨声来。

闻子规

适经月下青坡路,杜宇声嘶碧树间。不用千山唤行客,有家无计可归还。

野蔷薇

一枝如雪露初晞,地僻无花亦觉稀。未必有心邀我顾,只缘多事一牵衣。

初夏

竹梢初放稻分秧,梅子才青麦已黄。日午山村眠未起,杜鹃声里梦家乡。

闻子规

一声关塞动征鞞,二载仓皇此息栖。杜宇不知归不得,春来偏傍耳边啼。

痛极

痛极转无泪,愁多为有诗。始觉歌哭者,不到断肠时。

夏夜

连日苦炎热,晚来一雨凉。月明虫自语,隐约有秋霜。

家在

家在桑槐榆柳间,秋篱茅舍自安闲。一从鞞鼓来北地,便逐旌旗出故关。戎马仓皇妻子散,河山破碎梦魂单。太平未卜真愁我,结伴何年得放还。

寄王景唐

与君俱是客,先后远来巴。万里风霜苦,一身贫病加。关山无去路,儿女望还家。何日川江上,归帆风正斜。

雁

一声嘹亮过芦塘,南北匆匆来去忙。楚水燕山千万里,问君何处是家乡。

枕上吟

窗外风鸣树，枕边雨送秋。异乡当此夕，归梦自堪愁。山险雁难度，途巇兵未休。潇潇人不寐，旧事满心头。

晚秋

雨后天涯望，清光近晚秋。青山黄叶树，白水绿芸洲。篱下菊将发，檐前风渐遒。唯伤征雁过，无信到渝州。

割稻

八九新秋月，连云晚稻黄。老农一挥手，新谷已盈仓。既售真珠价，还嗟终岁忙。吾侪徒献赋，为尔歌丰穰。

中秋

今日渝州夜，羁人独怆情。只缘边地月，犹似故乡明。妻女三年别，风霜万里征。关山险且阻，何处觅归程。

皓月

皓月方东上，徘徊云外行。影遮大地暗，光满万山明。入水金珠堕，飞天玉镜莹。玲珑阶下望，皎皎总多情。

闻虫

何处起悲鸣，啾啾气不平。寒虫怨永夜，向晚作秋声。明月他乡泪，西风故国情。凄凉衰草下，霜满满山清。

寄陈文健

去年八月渝州夜，灯下谈诗更论文。今年八月渝州夜，梦里还家又见君。一处为宾偏独去，两番得信是传闻。遥询帷幄筹策罢，曾有相思对暮云？

题唐锦云诗后

蜀地梅花越地莲，可能持向一齐看。愿君遥寄莲千瓣，插在梅花枝上端。

调乡

不觉调乡久，渐忘物候新。芙蓉开雪盏，杨柳挂青巾。入署清残牍，还家侍老亲。佣书非隐吏，终古是劳人。

记梦

婷婷袅袅玉身长，淡染眉峰别样妆。昨夜似来膝上泣，落花和泪满衣裳。

重九作

比身在山上，山上已云高。不用登丘陇，临风酒一瓢。白云无去雁，红叶有归樵。俯就篱边菊，霜华色正娇。

题孙功炎画月中美人

开卷揽明月，寒光冷彻身。十年相思梦，始见月中人。

碌碌

碌碌竟何事？朝朝小阜前。吾家淮海曲，来客蜀江边。泪尽边关月，魂消战垒烟。此身如此水，去住两茫然。

登高

摄衣登险阻，持杖披蒿莱。万壑寒云出，一江落照来，村荒无犬吠，径僻有花开。四望真空阔，吾心益壮哉！

梅花

相逢恰是盛开时，为爱冰容学咏诗。一角春山藏瘦影，半湾流水鉴横枝。香飘篱落雪难掩，花满园林蝶不知。惆怅东风愁寂处，微云如梦护幽妆。

渝州

孤城料峭插飞流，形胜西来第一州。车马喧阗浑日月，楼台突兀肚山丘。高低灯火千家夜，来往帆樯万里舟。谁与狂歌兼纵酒，朝朝共醉大江头。

过渡

仰看日色昏,下视满江雾。依约若云行,不知是过渡。

醉如泥

醉如泥亦睡如泥,客久疑家意转迷。月落秋空归雁去,梦回孤枕晓鸡啼。窗棂纸破吹芦管,檐宇铁鸣听马啼。不寐披衣开户起,银河倒挂柳梢西。

行行

止止复行行,来途不计程。一官味似蜡,万里身如萍。巴岭千峰突,蜀江几曲明?莫伤归路远,鸿雁尚遐征。

记得

记得西来初起程,迢迢万里客心惊。八旬祖母村门外,老泪龙钟背我倾。

送我一程又一程，依依总是弟兄情。白沙河上分襟日，流水青山尽哭声。

别意寄衍芬

故乡东风雨，是地东风晴。海云虽健走，不敢入川行。

皓月方东上，红日已西倾。人生如日月，各在一天明。

万里一别后，诸事不相关。唯余天上月，两地可同看。

忽忽岁云暮，飘飘衣尚单。秋风一夕至，两地不胜寒。

辚辚陌上辂，悠悠江上船。日日东西去，不能载我还。

空山日落后，蟋蟀夕悲鸣。鸣者实非悲，听者自伤情。

霏霏连客舍，隐隐失山丘。他乡本可乐，细雨织成愁。

昨夜还家梦，觉来尚自悲。不知竟何事？妻女泪双垂。

深山

深山一月雨,寒气满秋晨。篱下青蔬小,林间黄叶新。苔荒无去路,鹊噪有来人。偶向邻家望,芙蓉花满津。

喜晴

深山一月潇潇雨,似觉莓苔身上生。今日晚晴添喜气,残霞如火树头明。

进城

荒村久住思城市,明日天晴试一游。灯火千家穿酒巷,帆樯万里看行舟。

捣练子

草满岸,水平陂,水底之天天亦奇。一鹭悠然飞过处,雪毛划破碧琉璃。

芙蓉

昨日色犹白,今朝脸便红,芙蓉似中酒,一夜醉西风。

归后柬王景唐王钟琴

昨日到君家,鸡豚静不哗。入门杨柳暗,当路芙蓉斜。白水绿莎绕,青山黄叶遮。天昏共把背,相与看残霞。

不仅是同乡,与君俱姓王。欢呼饮杯酒,谈笑论文章。漫讶儿童大,别来岁月长。客中好兄弟,相见自应狂。

今夕还家初,挥毫作报书。地偏喜客至,山静畏人疏。浊酒瓶常满,闲庭路已除。他时倘有兴,还望过吾庐。

长江

沙岸层层见水痕,山根叠叠露淤纹。长江此日饶秋意,瘦减腰肢又几分。

看山

绿染麦畦接菜坪,野烟如雨路泥轻。来从山下看山变,峰岭高低又几更。

早岁

早岁苦忧老,老来万事难。如何老渐至,转作等闲看。

梦题诗燕子楼

枕边隐约天将晓,梦里题诗燕子楼。燕子不来人更香,只留遗址艳千秋。

题画松

莫笑老松屈曲态,画中不合栋梁材。让他流水高山里,风过如琴弹一回。

年年

年年都说春归去,待到春时归去难。想得家中妻子在,应携两女望长安。

元日梦见妻女

分明曾到里门边,妻笑儿跳各自妍。谁说今朝犹是客,梦还家里过新年。

春

修篁经雨添枯叶,老树临风无嫩芽。春来到底归何处?半在垂杨半杏花。

偶成

桃红梨白柳深青,油菜花黄麦陇平。才是巴山正月景,浑疑节已近清明。

二月十五夜作

碧天如扫夜光寒,松影一庭作地斑。为爱清辉贪看月,团圆且喜到人间。

闻蝉

菜花点点散金钱,豌豆荚垂麦穗偏。计到清明犹十日,绿荫深处已闻蝉。

门前

偶向门前望,青山一带斜。古桐新雨后,独发两三花。

束王钟琴

成都又号锦江城,二月花开锦绣同。君到锦城恰二月,看花应不负春风。

秋夜

岁暮他乡外,飘飘此寄身。秋风老瓦屋,夜雨孤灯人。短榻残书伴,空山古寺邻。明朝应有信,数听雁来频。

袅袅

袅袅身材玉作成,每相逢处总心倾。眉峰淡染春山远,眸子轻翻秋水明。含一点愁犹有态,带三分笑更多情。妖娆定是瑶台种,欲接风流未有名。

偶成

梧桐叶大差如掌,杨柳芽长又是眉。唯有竹梢春寂寞,两三个字翠初垂。

题家园图

故乡一别二年零,茅屋秋篱倍有情。写作画图墙上挂,家园万里眼中明。

良夜

良夜步中庭,竹梢乱月明。蛙鸣疑水涨,虫语觉秋生。长岭横天黑,残烟绕树轻。遥观灯火灿,万点是渝城。

扬雄

草赋兼草玄,解嘲复解难。一家无儋石,三世老郎官。畏罪自投阁,临终谁买棺。圣贤多寂寞,今古可同看。

屈平

一为谗诌间,屈子竟离忧。霸国业何在?孤臣名尚留,歌骚开百代,忠愤表千秋。未得君王悟,怀沙葬汨流。

端阳节寄王景唐

今朝闻是诗人节,未有新诗报故人。独喜深山微雨后,拾来松果作茶薪。

柬单景云

久说来游事尽违,徒劳痴眼望清辉。可怜五月乡村味,黄酒初甘鸡正肥。

赠单景云

故园一别十经秋,不约同登江上楼。乍见重怜今日会,相欢更忆昔年游。英容未为风霜老,壮志岂因愁病休。虎颈燕颔骨相在,书生自古易封侯。

赠王钟琴

不须侍者通殷勤,自爱高才与病身。今日相如宁久困,隔帘已有解琴人。

小坐

绳床小坐竹林间,一日辛勤至晚闲。摇膝自吟得意句,不知明月满空山。

新月

初二初三夜,纤纤天际生。光寒情更怯,故傍日边明。

种菜

秋来一雨觉天寒,当路新泥尚未干。闲向小园学种菜,绿芽嫩叶作花看。

渐喜交游绝

苍苔印足迹,有客到门曾?使吏自堪厌,高人亦可憎。世无忠信士,谁是死生朋?渐喜交游绝,空山静似僧。

村夜

荒村日落后,独舍自为邻。长岭色如墨,孤灯焰似磷。忧心对病妹,笑眼看慈亲。欲话童年事,悠悠可细陈?

观画展

　　病树不知春色遍，沉舟枉羡水流新。当年我亦丹青手，来作今朝看画人。前辈声名多不副，后生动力渐通神。琳琅满目匆匆过，定有精微认未真。

中秋

　　年年佳节此勾留，寒雨连山懒倚楼。纵使有家还是客，居然无月也中秋。团圆天上常多事，好合人间每见尤。莫向今宵狂把酒，他乡于我只增愁。

中秋

　　南邻弦管产邻觞，村上家家过节忙。只是中秋不见月，满天风雨似重阳。

忆吃石榴

清秋累累拂檐悬,信手摘来露未干。呼与妻儿共剖食,丹珠玉粒满银盘。

忆衍芬

忆昔初婚日,十年事尚真。一为新嫁妇,便作别离人。风雨孤灯夜,烟花边地春。他乡今渐老,吟望总伤神。

敝屣

敝屣不堪著,藏之安用哉!三年犹未弃,为自故乡来。践雪登巴岭,踏云过楚台。俯看将朽处,还积旧黄埃。

八月

八月天多晦,兼旬未放晴。薜萝佛寺古,燕蝠洞门冥。老木余深绿,寒花堕晚红。情知秋节暮,已觉夹衣轻。

漠漠

经旬不见日,山气转昏蒙。漠漠连天雨,萧萧万壑风。园蔬新着绿,林叶渐飘红。唯有孤吟客,题诗尚未工。

乡居

乡居秋气爽,晨起鸟相呼。启牖纳朝日,开让接远芜。池塘疏翠柳,庭院放红芙。何必华堂下,空山足自娱。

喜晴

久雨喜新晴,秋光晓更清。奇云堕马髻,初日赤铜钲。老圃列青韭,寒林缀绿橙。乡农知节气,相与劝深耕。

南瓜

门前留隙地,春种老南瓜。质润玉盈抱,色黄金满车。秋来枯蔓落,雨后束薪斜。尚有生机处,犹然着小花。

天昏

天昏云似墨,云破夕阳红。远水明秋树,寒山响暮钟。荷残无雨盖,菊老有霜容。何处闻哀哽,高空一个鸿。

闻警

苟安今已久,闻警转仓皇。塞上烽初赤,耳边鬓欲苍。岁寒母妹病,山险道途长。寇至将何往?相窥欲断肠。

昼晦

寒云漠漠压空林,昼晦如昏万壑阴。松竹枝垂知雨重,藜葵叶腐觉秋深。漫将痴眼怜孤蝶,且把幽心听暮禽。极目关山如有恨,满天衰草一长吟。

雾

遥听水潺湲,开门不见山,浑沦但一气,未可辨坤乾。犬吠谁家屋?鸡鸣何处关?所望只咫尺,蓑草对离颜。

雨后

鸟喑知雨至,蝉噪识天晴。便即呼车马,逍遥南陌行。远山遥滴翠,高柳倒垂青。几点寒鸦宿,一钩夕月明。

询单景云何时来乡

闻道江城客,郊游兴有余。何时能枉驾?即日报贫居。对语已陈榻,远迎可雇舆。荒山秋色晚,风雨正愁余。

万里

万里龙城[①]客,三年燕洞人。悲欢今昔事,歌哭短长吟。衰鬓迎秋落,乡心向晚深。门前有小阜,日暮一登临。

①龙城,萧县县城名。

雨后

出门一眺望,雨后景光闲。明镜铺秋水,淡眉叠远山。野桥无客过,古渡有舟还。鸡犬喧喧处,茅茨又几间。

宿舍望月忆彭相承

昔时石上同看月,石上今宵月更圆。莫说死生难共赏,清辉应照墓门前。

秋草

往日天涯多雨露,此时原上满风霜。莫愁春到根还绿,且喜秋来叶尽黄。地瘠烧能肥土壤,天寒刈可健牛羊。笑看一种飘零态,尚向人前试飞扬。

晚读

整日多烦躁,无时不怒瞋。唯于晚烛下,开卷辄宁神。心已忘斯世,形如对古人。颓然倦卧后,一梦到来晨。

柬段笠村

昔年一榻同高卧，今日三巴独远游。半盏寒灯官邸夜，满山落木蜀江秋。膝前儿女如何大？顶上发毛几许留？争不别来通尺素，故人天外有离忧。

雨

破晓即闻雨，潇潇暮未休。门前一水涨，山上百泉流。远近风雷吼，高低鸥鹭游。客心真大快，几欲挽飞舟。

晨起

我睡正蒙眬，开眼天已亮。壁隙赤彩明，窗罅日华放。陡然开阶除，松竹一倚傍。雾低流衣底，露滴响苔上。倾向就园蔬，爽气觉涤荡。侧耳听山鸟，清音如和唱。自顾拙腾达，性亦乐幽旷。无复梦寐中，妙想作将相。

罗衫

新制罗衫皎霜雪,临风着之多艳绝。挈领提袖忽翻看,油滓漫漫黑如铁。黑如铁,纵然盥洗难光洁,直至破烂成百结。居要地,纳秽穴,可不慎欤立名节,自古几人称明哲?

野望

远水接平沙,青山一带斜。疾风吹落木,密雨打寒花。衰鬓零秋草,归心感暮鸦。几回天末望,何处是京华?

闻说

闻说征南将,龙陵破敌营。虽云得地寡,已足振军声。边鄙关河险,岛夷兵马精。攻城岂易易,应特赐恩荣。

闻说龙陵道,西南通友邦。使官频过往,兵器藉屯藏。敌势斗将蹇,我军战渐强。定知愁病眼,可望收京杭。

秋光

当户秋光似画图，晚来景物益奇殊。云边落日三分在，天外孤峰一半无。鸦噪翻风争古树，鹭飞随水入青芜。萧萧木叶横桥路，犹有樵归老丈夫。

喜鹊

晨起当窗坐，檐前鹊噪频。也知无喜事，但听辄怡神。心巧能窥意，口甜总悦人。高飞我羡尔，乔木任栖身。

题钟进士

进士心肝铁铸成，宵深斩鬼不闻声。如何世上还多鬼，大鬼原来是弟兄。

萧萧

黄叶满渝州，萧萧天地秋。西风边郡冷，落日大江流。出郭见新垒，登楼怀旧丘。他乡今渐老，吟望苦垂头。

红叶

石隙飘红叶,遥看误是花。如何秋色少,要汝点年华。品洁夺清露,色鲜斗晚霞。不堪插鬓侧,只可向风斜。

俏俏

俏俏巴渝女,嬉嬉勤且柔。不须花插鬓,但用布缠头。采药入林壑,锄禾登陇丘。偶然在歧路,相见辄回眸。

我来一首柬诸友

我来巴渝地,本拟收父尸。归途怯险阻,淹留尚在兹。岂意贼难料,江通未有期。他乡久留滞,不免寒与饥。母老力虽惫,犹复理臼炊。妹弱病肺久,辗转卧床帷。有弟无消息,有妇如弃遗。小女初学步,大女语呀咿。附言问安好,鉴之摧心脾。关山震鼙鼓,道路满旌旗。左顾伏蛟鳄,右顾蹲熊罴。夜半闻呻楚,天涯感睽离。抚膺一长叹,声泪落双颐。西风飒然至,寒气穿骨肌。灯下愁辍读,笔端痛赋诗。慷慨歌吾志,聊以报新知。

答客问

夫子胡为者？闭门卧古丘。乱离守寂寞，贫病谢交游。枉过原思问，徒令季子羞。箪瓢堪果腹，吾道更何求？

初雪

初雪江城小，斑斑似撒盐。林松未掩翠，峰顶只埋尖。风定银花落，云凝粉絮添。寒威方稍作，心意已惊严。

遥望

画桥春水杭州路，古殿秋风燕市台。一入巴山今五载，江天遥望苦低徊。

新岁

万里逢新岁，他乡致远思。安危怀弟妹，生死念严慈。离乱归无日，承平见有时？欲询妻女讯，兵马少人知。

梅

试解百花意，唯梅惜岁时。才临寒腊月，已放早春姿。香暗无人觉，色鲜只自知。为言酷爱者，醉赏莫宜迟。

记梦

昨夜还家梦，入门痛失声。惊回气哽咽，觉后泪纵横。仿佛遗慈母，依稀见弟兄。乱离为客苦，魂魄亦伤情。

观从军三首

偶过成渝路，欢呼动四邻。来将感激泪，笑看从军人。志士豪雄气，男儿少壮身。请缨杀敌去，万里走风尘。

愧我室家累，羡渠去往轻。谋身不怕死，报国敢争名。夷虏只犹在，勇儿应远征。扬威绝海外，四岛蹋皆平。

年少多奇士，心雄气自充。姓名留简册，勋业入丹青。营垒如乡里，将军似媪翁。沙场相率去，劲健尽罴熊。

已过

已过立春日,阴寒转更加。风来喧竹叶,雪落入梅花。暖聚炉边火,香分几上茶。不堪伸手足,闲话到邻家。

雪

大树枝垂小树弯,竹梢扶地榈扶栏。昨宵雪落江山变,晨起频舒图画看。

小松树

小树大树下,纤纤如弃遗。风霜或未觉,雨露或未知。生长浓荫里,所受尽无私。唯惜千年意,聊同小草悲。一朝梓匠至,择巨斧先施,大树倾青盖,小树出嫩枝。忽然开天日,惊喜念当时。独惨荆棘地,偃卧老龙姿。

大雪

大雪压江城,寒山色更清。非春花便落,入夜月疑明。竹细擎无力,松坚折有声。呼童如不扫,将与赤栏平。

老松为大雪压折叹

一夕朔风过山巅,天低雪密势转严。光摇银海飘飞絮,声落瑶空似撒盐。门前老松素无虞,明月清风足自娱。长柯拿云伸神臂,细叶含雨缀真珠。忽然雪落落盈头,满身堆累披毡裘。枝凝冰屑犹力御,干折云表应天愁。而今伤残老无力,横卧悬崖雪未息。空余鳞爪委荆榛,已无龙虎立山侧。

老松为大雪压弯赞

大雪六七日,河山一色和。堆积上高松,累络满肩荷。枝柯苦力撑,声涛已停播。所恃筋骨强,鳞甲只微破。权丫龙虎姿,头垂几欲卧。风日解困厄,如钟始纷堕。铁脊虽云弯,庶免压折祸。颜色益青苍,气势复巍峨。既承雨露滋,岂无冰雪挫。来日挺高标,犹可拿云过。

自顾

自顾非鬼神,不能祸福人。人亦不我敬,来供酒一樽。鬼神坐殿上,足不履埃尘。善男和善女,罗拜满庭荫。谁不慕权贵,谁不羞贱贫。请安须及早,上寿宜多金。久之得余沥,荣耀及其身。官职虽云小,气势日以熏。跃跃众庶上,卓荦似不群。吾闻扬子云,不识卿相尊。为文笑覆瓿,为官如积薪。家贫无儋石,身死无棺窀。落落千载后,德业有余馨。

崭然

崭然头角尚峥嵘,事有不为非不能。短烛残书消半世,烂衫破帽过千城。最嫌官大才言大,可怕人穷即道穷。我气未平心未已,醉披怒发舞长空。

愿作

愿作大王又好兵,杀人百万川原腥。不然山寺当和尚,面壁九年色相空。醉把头颅为酒器,笑乘芦草若江舲。生能快意吾何羡,一扫填膺气未平。

残腊

残腊苦寒月,久岁飘零客。临风惊衣敝,望云愁路隔。关山金鼓震,城阙羽书迫。室中炉火红,塞上边雪白。万里怀战士,杀敌正堆积。

卷三

（一九四五——一九四八）

新年

才过新年又过年,两年原作一年看。阴阳日历略差异,今古民风得并观。杨柳梢头春渐暖,梅花枝上雪将残。客居应更喜新岁,拜节家家各尽欢。

游明善堂

欲探梅开未,深山独往游。敲门黄犬吠,入寺老僧留。香火禅堂静,松杉云壑幽。寻春登小阁,花发满枝头。

明善堂看梅花

为爱梅花到此堂,铁肌人着晓霞妆。欲折不折空归去,衣上无留一瓣香。

香泽犹疑透画棂,小楼春色记曾经。去年隐约禅房里,人比梅花更妙龄。

人去无踪花自殷,空庭何处望归还?分明满地残红色,疑作胭脂感玉颜。

早杏

始至春正月,稀疏见杏花。柳边才半树,墙外已千家。细雨胭脂湿,微风锦绣斜。明朝深巷卖,忙煞小儿娃。

书感

巴渝二月百花残,把酒东风独倚栏。半壁河山频国步,五年戎马老江干。杏桃红谢成荫早,杨柳青疏放眼阑。混迹名城都不管,烂衫破帽一微官。

春草

春草茸茸绿,春花艳艳红。春花与春草,不识有秋风。

教书

挟书赴馆趁朝时,汗落气嘘未许迟。讲要精详重认字,训从严厉不伤慈。尊师敢望高官子,好学偏称陋巷儿。我欲教人先自教,全无厌倦到双眉。

蜻蜓

爱亲流水点秋光,飞入花丛不辨香。清露一天微雨后,半根芦草立渠塘。

闻捷

闻道东南破虏兵,长江万里可扬舲。老亲爱说还家事,笑眼朦胧仔细听。

得归

捷传海外到中原,闻说得归心转烦。疮痍满目哀故国,一腔血泪慨黎元。战余城郭多荒垒,劫后庄田半废园。我自幸怜皮骨在,还乡不用为招魂。

偶题

重水重山重庆客,计时已作四年留。满园花草三更梦,万里风烟一酒瓯。忙日看书常在夜,病躯骑马只宜秋。平居漫说无知己,谈笑邻家有莫愁。

君家

出门喜见日初斜，乱石山前步当车。约略午眠今已起，吃茶又可到君家。

空山往谒偶凌晨，新睡觉来鬓未均。红日半窗帘下立，梳头不复避来人。

一笑人从林下来，消闲每趁晚凉开。关心不觉倾谈久，月落乌啼尚未回。

梅花茶花歌

梅花茶花供一叟，茶花明艳梅老丑。梅花老丑作夫人，茶花明艳为细君。为细君兮逗芳姿，何如梅花子满枝。

新月

二分清影十分春，玉殿妆成带笑颦。谁解碧空寒峭处，婵娥也有画眉人。

乱离

乱离五载逐征尘,万里巴渝一叶身。酒后烂衫常点浣,病余瘦骨总嶙峋。亲朋湖海音书少,儿女关河涕泪新。谁解他乡最僻处,空山孤屋有孤人。

十六夜望月

风扫秋空宝镜寒,皎如霜雪满空山。可怜二八婵娟色,渐减清辉改玉颜。

惊起

门外花开耀紫英,惜花人怕夜风生。微闻檐际萧萧意,惊起临轩坐到明。

团圆

光华灿烂影姗姗,拥出中天冰玉颜。嘱咐白云休掩蔽,团圆难得到人间。

晨

红日当窗起较迟,阶前小立看花时。孤怀自笑多情甚,细拨蛛丝救蝶儿。

夏

苍松绕屋昼微凉,风过时闻禾黍香。一草一花春意尽,半愁半梦午眠长。弦声婉转蝉琴细,舞步蹁跹蝶翅忙。为爱空山多清旷,好将佳趣入诗草。

定交

万里他乡外,萍水亦有因。与君一相遇,恩情日以亲。居住虽云迩,往来亦何频。相见辄相悦,相慕不相嗔。心如金石固,胶膝难再分。惜无双飞翼,不得凌青云。人生逢世乱,嘉会良可珍。愿此百年交,长共日月新。

赠画

惠我良独厚，空复感精忱。自顾无长物，何以答殷勤。偶然作小画，恍若得其真。笔墨无俗韵，山水有清音。山水有清音，可以喻吾心。持赠莫为薄，永念存故人。

长短句　别情

淅沥丁泠，檐溜枕边轻注。料零云残雨数点，怎能留得行人住。披衣起，忙出户。望断村前来去路。来去路，山如故，水如故，山水苍茫无寻处。东奔西顾空延伫。想得昨宵分手时，几多别意未曾诉。

相思难

怅望村东路，东路隔山川。欲寄数行泪，不如苦无言。鱼书临风发，犹复往追还。念彼远别人，应知相思难。应知相思难，何为报辛酸。

深山

深山一鸟响,鸣声亦何哀。似伤睽违意,远为失群来。今我别知友,辗转意不谐。开轩望原野,振衣起徘徊。柳长拂曲槛,花落点空阶。积雨滴蕉叶,微风动庭槐。俯仰生离思,抑郁结中怀。何得重相见,携手步苍苔。

得书

昨日得鱼素,措语亦平平。措语亦平平,已足慰予情。抚手感恩遇,低头想音容。上言当归日,下言当归程。归程与归日,离人意所钟。裁书答区区,涕笑相交并。

不作

不作君家妇,感君只许心。如何相思夜,有梦似君临。

暖抱君衣卧,君衣且当君。日高醒不释,谁解此情深。

凤凰台上忆吹箫　别情

瓦上霜青，檐前月小，夜凉已是新秋。绣枕斜凭，晚妆倦梳头。母病江城应往，奉汤药，朝夕分忧。伤心处，抛君独去，别泪先流。

休休，拨灯强起，边检点行装，边动离愁。渐阳关声咽，梦断秦楼。一任香消骨瘦，乱山残照古渝州。明朝路，西风细马，不忍回眸。

夜

长天历历布星辰，月黑空山飞耀磷。秋老霜风号万树，夜深灯火照孤人。荒村声远闻鸡犬，僻径影摇见鬼神。倦极自归高处宿，匡床一角已轮囷。

闲步

黄叶晚飘萧，长风掠鬓毛。草枯苍岭瘦，日落碧云高。流水声初急，寒花色正娇。偶然乐野旷，闲步过东皋。

凤凰台上忆吹箫

毛上霜青檐前月小夜凉已是新无绪枕斜
沉沉晚妆倦梳头母病江城去往奉汤药朝久
兮忌伤心忽抛君独去别溪先流休三
拨灯强起边检点行装边动离愁渐阳关
声咽梦断秦楼一任香消骨瘦乱山残照
古渝州明秋路西风细马不忍回眸

《凤凰台上忆吹箫》 王肇民 1988年6月书

哀降　此诗写于日本投降之后，签降之前

横行南北逞强梁，瞬息兴衰变异常。只为出师稀庙算，徒留白骨暴沙场。八年烧杀乾坤暗，一旦投降日月光。试听极东云海上，哀哀泪诏下皇王。

奇袭当年夸首功，局残也觉太匆匆。焦头未撤南洋犬，龁背先来北极熊。奋战有心金盾折，拒降无计太仓空。遥思丧乱君臣辈，徒倚西风哭绛官。

将相入宫头尽垂，于今谢罪亦何为。当年妄动干戈意，此日真成社稷悲。匝地血腥壮士死，连天火烈重城夷。可怜一种倔强气，尚想东山再起时。

百战功归一败休，受降此日想瀛洲。腾云龙虎登陆马，蔽日旌旗跨海舟。木履戏穿汉将足，樱花笑插美人头。倭奴亦有伤情者，醉览河山一泪流。

独步

独步林泉下，深山自俯仰。风来柏子落，疑是雨声响。

独步林泉下深山
自俯仰风来柏子
落疑是雨声响

《独步》 王肇民 1988年6月书

闲步

闲步松间路,离离筛影斑。风来犬吠谷,月朗鸡鸣关。明镜铺秋水,淡眉叠远山。微吟兴未足,冷露湿愁颜。

中秋

万里中秋夜,五年久客身。江山哀故国,风月泣孤人。林暗惊霜薄,野明疑雪新。举头感佳节,杯酒益伤神。

十五夜望月

皎皎长空转玉盘,小楼帘卷起同看。偶言天上团圆易,忽觉人间离别难。昨夕欣知今夕好,来时忍忆此时欢。满阶花影沉沉夜,万古心悲一倚栏。

绝句

两番春雨花潜泪,一度秋风燕带愁。独向江头狂把酒,夜深辛苦唱伊州。

鸦鸟

风清月白夜，鸦鸟欲飞时。鸾凤今何在，山深人不知。

夜

寂寥独坐久，陡起立前楹。松影一庭墨，月华万壑明。云腾兵马动，风过甲戈鸣。秋老天涯客，空山夜亦惊。

寄妻及弟

巴渝秋尽叶纷纷，东望苍茫阻塞云。鸾凤天涯难顾影，鹡鸰原上久离群。他乡亲老生黄发，故国儿寒补翠裙。何日还家应有信，大军今已靖尘氛。

羁人

倭寇投降久，羁人尚未还。舟车愁道路，兵马怯关山。稚子无音讯，老亲有病颜。夜深常不寐，开眼久如鲧。

一自

一自其人去,空山只独留。离怀酒半醉,别眼泪长流。风雨书灯夜,芙蓉巷陌秋。偶然惊形似,错愕几回头。

送行

君行赴渝州,相送止南畴。非不思远送,人见恐含羞。行者虽婉劝,送者只悲愁。吞声兼吞泪,不敢望停留。时或入城郭,时或守山丘。人生各有系,岂能日同游。仰视浮云过,俯观秋水流。秋水自明洁,浮云自回头。吾心何区区?常为怀离忧。

芙蓉歌

窗外芙蓉罗绮新,窗内丽人笑语频。偶然人倚小窗站,不见芙蓉只见人。芙蓉花好比人面,面起春风逗娇倩。吾今爱花更爱人,一日几度来相见。相见无言去匆匆,回看芙蓉映人红。芙蓉半开人半醉,都在苍茫烟霭中。

雨

一夜大雷雨,天明雨未消。连山叠瀑水,遍野起风涛。急响喧蕉叶,湿飞颤鸠毛。潇潇冬十月,寒气满征袍。

孙功炎以郎官见称,因以诗答之

秘府自惭为冗吏,水曹敢比作郎官。时艰身困吟诗苦,母老家贫遁世难。俸薄留宾才食肉,学疏设教强登坛。事余未忘丹青业,醉抹云山仔细看。

惊鸿

惊鸿差可比丰神,邂逅相逢感夙因。未有金环约玉腕,只凭珠泪绽樱唇。长长眉眼频如语,细细腰肢亦可人。我故倒行终不恨,万千辛苦一迷津。

十月二十六日

吾年近四旬，寂寞度生辰。忧患悲今日，蹉跎老此身。江山空涕泪，诗酒只风尘。离乱巴渝下，劳劳一士民。

代作

病余瘦骨怯春寒，曝日闲庭卧正安。忽听隔帘妻子唤，新梳云鬓要余看。

万里

万里客新都，五年悲故吾。心和云并远，身共月同狐。柴米一官小，风尘两鬓枯。唯将慷慨意，掷笔叹穷途。

忆西湖泛舟

双桨如飞未有风，清光潋滟碧罗同，云移眼底坐天上，影倒足迷立镜中。杨柳楼台时左右，桃花门巷忽西东，三春水暖鱼儿出，一艓湖心作钓翁。

读杜少陵集

诗冠古今自莫论,谁知天意遣逃奔。穷愁颠仆剑门路,老病凄凉夔府村。两住浣花留故址,一游湘水托孤魂。千年屈子真堪伴,君国心开风雅源。

忆同游

何处忆同游?迢遥天尽头。登高时欲哭,临水不胜愁。携手花当路,比肩月满楼。悠悠十载别,肠断古渝秋。

疑是

偶过村东路,苍烟落日斜。满山飘白荻,疑是野桃花。

腊月一日

五岁前今日,离家到涡阳。骑驴入酒市,就榻依盐商。母妹千行泪,妻儿一断肠。行行频驻足,水陆满风霜。

读杜少陵集

诗冠古今自莫伦，谁知天
意逼逃奔穷愁颠仆
剑门路老病凄凉
燕爱府衬两任浣花苗
故址一遮湘水託孤魂
千年屋子真堪伴
君国心闲风雅源

《读杜少陵集》 王肇民 1988年6月书

柬王青芳先生

一笺远至北国邮,展读惜惜思未休。别后清风还两袖,传来白发已盈头。五年蜀道逃长劫,万里燕台感旧游。相望不应仍障目,中原夷气早全收。

古梅

古梅今再赏,触目叹唏嘘。粉蕊风霜后,铁枝刀锯余。抚摩怜老朽,把握惜癯疏。偃仰丹花发,婆娑照寺庐。

山堂临去题壁

一番欢笑此移栖,临去苍凉意渐迷。小院风来花自落,华堂人散鸟空啼。半床星月留残梦,满眼荆榛觅旧蹊。回首不须瞻恋矣,萧条门巷夕阳西。

架上鹰

矫矫架上鹰，双脚系绳组。徘徊盈尺地，局促无用武。侧目览长空，低头察旷土。在水潜蛟鳄，在山藏狼虎。奋志思搏击，毒害全捕掳。岂奈幽囚势，振翼徒鼓舞。偶然猎苑囿，驰驱娱宾主。功能属犬马，冷落归廊庑。雀鼠远跳跃，乘隙亦来侮。所恃筋力强，一睨栗其股。竦身待厮役，涎口望刀俎。饮食犹仰给，浩气将焉吐。空生猛健姿，吁嗟痛今古。

鹰

竦身展翅欲凌云，岂奈丝绳羁绊深。志在鲲鹏敢傲物，功成狐兔不矜人。爪浸毛血久犹锐，羽历风霜老更新。顾盼应知非俗品，英雄自古不亲仁。

梅花松枝歌

美人赠我梅花馨，自采松枝插一瓶。梅花明秀折还艳，松枝蟠欹老更青。梅瓣重重梅蕊稀，松叶纤纤松果肥。遥观如罗复如锦，碧罗红锦色交辉。我有丹青笔一支，善画岁寒冰雪姿。细状梅花松枝态，永使相依不相离。

鹰

辣身展翅欲凌云岂奈
丝绳羁绊深志在鲲鹏
敢傲物欲孤兔不够入
众浸毛血久犹觊羽历止
风霜看老更别顾盼欲知
非俗品英雄自古不亲仁

《鹰》 王肇民 1988年6月书

花有经采折反得保全者

红花花下惜花红,满树花红一夕空。不是此花经采折,也应零落逐春风。

梅花

昨日花开今日空,不关冷雨不关风。只因花好人争折,折尽梅花一树红。

小别

一自昨朝君去了,伤远离,心如。诗酒消愁愁未少,空使形容槁。天外不传鸿雁信,梦中时被鬼神嬲。多烦恼,何潦倒,只为她眼媚唇娇,不见相思令人老。但愿此行早归来,小别重逢情更好。

再题梅花松枝歌

梅花松枝共一瓶,松枝青青梅凋零。梅花凋零落满案,落时犹有开时馨。我来把花空兴叹,愁眼愁肠皆欲断!惜花更忆赠花人,花残但祈人长粲。松枝伶俜意亦孤,顾影自怜气萧疏。心与梅花共憔悴,荣枯不愿两相殊!

忆君

忆君入城去,云归在周杪。周杪犹未归,私心常类搅。辗转反侧几多情,只有夜半孤灯晓。镜中未见形容瘦,酒后顿觉颜色槁。相思树合相思死,断肠花应断肠老。两地相思各断肠,人比草木尤懆懆。光阴如金惜暂别,况复久别亦非渺。此时已为来时愁,孰能永聚长欢好,哀鸣向苍昊。

题画

江上秋风擘岸寒,江边蒲柳已先残。赠君此画非无意,留作他年带泪看。

天上月

皎皎天上月，圆缺自无常。故人生小怨，岂能永相忘。且行且复歌，忽愤忽若狂。寻幽忧百结，登高泪千行。更闻惨将别，参商各一方。为爱日以短，为恨日以长。如何当此际，遽尔两情伤。愿比天上月，时至倍晶光。

燕洞桃花歌

岁岁燕儿洞门东，春来二月桃花红。嫩叶尖尖裁碧绮，繁花簇簇锦屏风。风来婆娑呈笑貌，雨过晶莹有泪容。有时月照花枝上，花月交辉色朦胧。日出癫狂情更好，虢国秦国酒意浓。花开忽忆种花翁，此翁据说来江东。相见不详其姓氏，唯好为善与人同。潇洒独具神仙表，鹤发童颜体态丰。事暇偶来燕洞住，每择隙地学老农。年年种桃山脚下，山前山后花玲珑。本是荒山变花圃，千林万树蔽长空。游客往来争观赏，共把花枝惜春秋。诗人酒徒最豪放，纵情高歌吐长虹。燕洞不是玄都观，也如闹市聒目聋。谁知好人不长寿，谁知好事不善终。昨日此翁忽仙逝，唯留桃花纪德功。桃花四面张锦绣，青山一角荡铭旌。我来看花分遗爱，花开人亡感慨中。

过友人故居

友人之去也,终日稀笑颜。看山山欲泣,临水水如叹。闻曲伤别鹤,对镜悲孤鸾。沉想红烛畔,寄思白云边。友人有故居,在彼山之间。弃置无人住,我来几流连。楼空无翠幔,人去有朱栏。眉语绮窗闭,步欹石路闲。廊庑立欷歔,阶除散碎缣。地平尝嬿婉,林密尝缠绵。一花与一草,在在旧情牵。侧身入居室,四壁徒寂然。顿足空响震,挥袖浮尘翻。梁楹蝠粪积,檐宇蛛网悬。妆台遗粉黛,书案剩鸾笺。此来感所历,心伤亦何言。复恐旁人见,复循旧路还。出门见灯火,回首空云山。故居不再至,旧友不再旋。生离似死别,各在天一端。西登嘉陵岸,东向望长安。不知故人意,别来亦忧艰?

遣猫

故人东归去,遗我一只猫。养之二十日,脱绳忽已逃。遍山复遍谷,久觅音信耗[1]。传奔故主家,绕屋空悲号。故主室无人,所长唯蓬蒿。一日我外至,突闻声喵喵。和颜徐诱之,就食始应招。丰姿虽已瘦,俊健未曾消。且爱而且喜,如与故人遭。我亦将行矣,远徒别卜巢。携之入城郭,终身困笼牢。纵之入山林,饥寒常迫交。何如因乡曲,为择富仁曹。赠之使之去,得以托逍遥。既享泉石乐,复饱鱼肉饕。遣猫如嫁女,唯恐损其娇。庶慰故人意,我心亦已劳。

[1]耗,音毛,无也。

别燕儿洞[①]

六年客渝州，五载居洞头。山中构瓦屋，倚崖若层楼。泼然凉风至，炎夏亦霜秋。读书当窗日，采蔬登陇丘。邻里时相过，有酒更能酬。禄微奉养拙，恬淡以忘忧。大军胜倭虏，举国齐歌讴。还都钟阜下，去去莫夷犹。陆行已命驾，水行已买舟。东归岂不乐，斯土亦连留。花香明堂静，石奇燕洞幽。苍松盘孤岭，绿秧展平畴。四顾伤心臆，怆然涕泗流。一步一回首，何日更重游。

[①]燕儿洞，在歌乐山南数里。

中秋作

碧天风起白云漫，风过云开月影寒。天意不知人意苦，团圆故遣与人看！

还乡寄衍芬

离乡今日始还乡，相见无须问短长。六七年来双驳鬓，万千里外一空囊。莫嫌京阙官儿小，且喜沧桑母妹康。忙里若闻归客到，应携两女至南岗。

舟中作

　　万里还家不计程，只凭江水顺江行。舟中一梦初惊定，已过巫山十二峰。

　　藤杖芒鞋出故关，香溪溪上换江船。忽闻归至巴东后，起看从前未看山。

　　壁立笋尖列翠屏，薜萝倒挂野云轻。山深莫问川江路，只向风波平处行。

　　水行有似作山行，行到宜昌山陡平。又是一番好风景，江宽天远锦澜生。

　　舟过浔阳山更奇，或如牛卧马奔驰。小姑矗向江边立，风鬟云鬘似旧时。

抵京

　　共说归舟到，欢呼竞舞冠。自知无接者，不用高凭栏。

楼上花

冉冉楼上花,遥望何枯槁。托根非不高,其奈雨露少。广承天地惠,应复羡野草。

再到南京

兵火六年老渝州,谁知今复到石头。蚓螺顿诧江山小,鳞枻欣看屋舍稠。草木血腥倭寇罪,金汤帜易汉军羞。市民相遇谈前事,笑眼初开尚泪流。

咏雪中海棠

点点新红开上栏,宵深谁为护花寒。可怜如许轻柔色,忍作梅花一样看。

杜陵物咏亦云该,未把此花作题材。只解红颜多媚态,不知能向雪中开。

菊残梅小正荒凉,花信偏能到海棠。绿叶离披无意味,故教白雪照红妆。

饮酒

四海风涛逐渐平，硁硁依旧一书生。揶揄到处疑神鬼，患难何人是弟兄。世忌文章多善颂，时乖妖孽尽成名。醉中更觉心肠冷，杯酒难浇万丈冰。

元日作

东西南北寄游踪，元日京华客意浓。门巷年新无喜气，江山雪落有春容。光摇松柏花千树，愁结心肠酒一盅。四十今朝频看镜，老来仪态尚清丰。

枕上吟[①]

一夜泪痕间梦痕，梦痕惨淡泪痕新。死生何限伤心事！孤枕斓斑是解人。

①时张衍芬病故。

柬南迁友人

五年欢笑任同游，一别都门事便休。老去衣衫常带泪，春来诗酒亦多愁。湖山怅望南迁地，灯火凄凉旧住楼。何处故人猛翘首，白云起处是杭州。

题画羊

黄沙碧海朔风寒，卧雪吞毡度岁难。当日节旄谁复见，伤心写得一羊看。

题画牛

不须仙去出寒关，天上何如地上闲？绿草清泉任饱啖，一行烟柳卧溪湾。

中秋望月

他乡明月团圆夜，佳节高楼独倚栏。举国都从愁里过，几人能在笑中看。硝烟烽火千家哭，裋褐秋风万众寒。老去自怜身尚健，且将杯酒祝平安！

读前寄衍芬诗后

吾心已易,吾诗尚存。千秋万世,永证姻亲。其人已死,其事如新。览诗及事,抚事怀人。情之伤矣,泪落难禁。无从悔过,抱恨终身。

徐州作

朝辞浦口去,暮抵彭城阿。江水飘银练,皖山蟠翠螺。兵兴孤垒壮,政废弃民多。且喜麦黄日,金波接浊河。

留别段笠村

巴渝归后又相逢,乍见惊呼是旧容。大地沧桑人未老,别筵垒块酒初浓。情因欢喜言多戏,交为深长礼未恭。想得明朝淮上路,隔江忽对蒋山重。

赠王景唐

谈笑同为客，提携独北旋。贫交无馈饯，归路有烽烟。夜雨巴山烛，春风玄武船。不堪离别意，执手到江边。

登燕子矶

久闻燕子矶，今日始登临。石树生英气，碑亭发古心。帆轻江落蝶，稻熟岸铺金。传有伤情者，怀沙每自沉。

小女

街头物价涨犹涨，腹内愁肠煎复煎，小女不知金已尽，尚馋梨枣要余钱。

今朝

昨夕朔风早闭门，今朝大雪已盈村。玻窗花草冰霜绉，绣枕云山涕泪痕。梦里恍疑妻子在，老来愧见友朋尊。琼楼玉宇高寒遍，知有谁家火尚温。

戏答征婚者

吾年三十九,应征今日晚。谁家窈窕女,尚肯垂青眼。空怀火热情,无由托诚款。生平不相识,心远迹亦远。殷勤寄新诗,有往固无返。斗室起徘徊,长夜独辗转。莫怨世俗薄,但悲资财短。愿彼征婚人,得婿定贤婉。

重九答段无染

不须重九太愁君,我又哪知佳节临。未向江山聊瞥眼,更无杯酒一开襟。登高谁与同欢笑,闭户何如作苦吟。三步两桥[①]秋色老,西风黄叶正萧森。

①三步两桥,南京小街名。

考试院看樱花

曲槛回廊绕碧苔,依稀试院认楼台。倭奴遁后遗痕在,几处樱花满树开。

愿遣

愿遣新愁知何处？茫茫四顾独徘徊。情心欲逐狂花笑，泪眼先含孤雁哀。春水春山连郭市，朝云朝雨满楼台。风光枉自添烦恼，谁与欢场共把杯。

柬王景唐

骨肉伤残后，形骸丧乱余。老来多涕泪，别后少音书。相忆情难尽，同游愿不如。毵毵玄武柳，碧眼向人舒。

答蒋瑞云

连朝多苦思，一夕得佳音。展读皆谑语，含笑不可禁。既规亦且劝，薄怨而不瞋。用情极温婉，作意唯殷勤。愿如梁上燕，双飞入青云。

闻张庆霂去世

天地一知己，弥留事可哀。徒劳久病眼，空望故人来。临坊阻兵革，抚孤愧乳孩。何时归故里，哭奠酒盈杯。

柬蒋瑞云

几番肠断忆相逢,慢语轻柔似啭莺。两月以来才识面,十年前已早知名。凤鸾漫想狂欢夜,鱼水应坚好合盟。速把情缘常自省,莫将疑窦误三生。

柬蒋瑞云

欲向天涯寄所思,所思都是别离词。流年似水频看镜,人面如花当折枝。灯下笑容空自想,梦中情意有谁知。关心若问南来事,正是春风半醉时。

游玄武湖[①]

人影衣香玄武路,湖光山色秣陵城。我来湖上兼城上,一草一花俱有情。

来往船行玉镜中,晴湖春暖更无风。一行杨柳才青处,几树樱花烂熳红。

不用船娘自泛船,试将双桨拨春涟。正喜船如天上坐,一鱼跃破水中天。

风景全湖数美洲，桃花万树拥层楼。阿谁更比桃花好，惹得游人看未休。

①玄武湖，又名五洲公园，美洲是其中一洲。

而今

俸薄不知百物贵，官微转觉一身安。三年抗日家乡易，万里奔丧蜀道难。老作新郎常自笑，死怀故妇每长叹！而今四海惶惶日，地覆天翻只静观。

卷四

(一九四九——一九六五)

送陈文健赴北京

喜君老作上京游，别眼相看忽怅惘。一梦来攀前代柳，三杯远饯后湖舟。红旗漫卷河山壮，白发飘迎燕雁秋。此去无须重回首，南朝今已不堪留。

回家过萧县县城

万里归来过此留，西风残照古城秋。长街冷落满青草，旧友零星半白头。瓦砾难寻当日第，笙歌还忆昔年游。倭奴一入遭兵火，十载疮痍尚未瘳。

记梦

梦里逢花开并蒂，一黄一紫比丰神。瓣轻蝉翼大于掌，叶密春云细似鳞。有女迎枝来刺绣，而余依样欲图真。觉来久久还相忆，恍若仙山归后人。

柬孙素

偶相逢后便无闻，尚想仪容怅望频。万里情怀托皓月，十年踪迹感流云。春风桃李花开早，秋水蒹葭意正殷。为报朝朝江汉上，此身长待有缘人。

闻母丧

江汉初为客，得书忽丧亲。关山几度泪，天地一孤人！爱子思贤媳，传宗望抱孙。慈怀终未偿，为憾九泉深。

题老马图

昔曾识路今迷途，老更荒唐才智疏。秋柳一株同萧瑟，不堪廊庙落江湖。

题画

何时能作此山游，山在极乐海外头。上不及天下绝地，苍茫云捧一高丘。

题旧任状

倘若有人问我从前在渝做何事,展状一目便了然。手中设无此状在,纵使费尽唇舌解说难。地覆天翻万事改,虽往矣,也或要其做证在人前。姑存之,莫弃捐,非关怀旧与流连,果真同志皆兄弟,聊以取信亦宜焉。言可稽,以防嫌,行有据,远腥膻。佣书小吏何足说,可能以讹传讹成大官。事实原有伸缩性,何况臆说纷纭无中生有在其间。人将老,举步艰,如履冰,如临渊。蹶于垤,蹶于山。古往今来多少事,引以为戒而勉旃。

庐山作

遥望尚不觉山高,但见苍茫岭万条。尤是背光颜色好,绿蓝峰顶最妖娆。

悠悠岭上起白云,絮帽银陂亦称身。路绕山腰才一线,赭红带系翠蓝裙。

忽然西去忽然东,路转峰回数不清。入山已不知山大,似在丘陵岗上行。

小甜池旁近岭牯,回头下望已模糊。无边烟水连绵处,洲渚参差是鄱湖。

路平车稳笑颜开,到得匡庐顶上来。暑气顿消凉气爽,磨天一榻胜蓬莱。

长江大桥

砥柱崔巍接太空,路从天上忽然通。楼迁江表无黄鹤,桥竣云间现黑龙。腰贯龟蛇肌铸铁,尾垂汉沔影摇虹。长车万辆隆隆过,社建人称第一功。

初到广州

携妇将雏穗市中,为家四海叹飘零。一生一死几朋友,天北天南两弟兄。年近衰残怜伯道,事逢缓急感缇萦。门前花发香风满,独坐书斋静似僧。

至新会

满城诗画满城花,新会初来便欲家。安得他年离退后,两间屋对圭峰斜。

水车

月明如昼马蹄喧,不是将军夜战还。村上人人争抗旱,水车声响满田间。

选种

凌晨选种到田间,谈笑声中忙似闲。露湿衣衫风掠鬓,泥封脚趾穗齐肩。茎摇茧手根根壮,谷满筲篮粒粒圆。回首日高饭时到,犹贪陇亩不归还。

饭时

饭前饭后女声喧,有认有争各尽欢。只缘我是北来者,不解语言只笑看。

会城晒谷

一条街划为两半,半作谷场半走人。人去人来人似海,谷横谷竖谷如云。从今难把城乡辨,此后应无士庶分。总是英明先进事,会城先进更无伦。

民歌二首

远山青青晚稻黄,谁为获者众女郎。男儿何在炼铁钢。钢水长,谷满仓。人民公社永歌昌。

千担万担挖泥塘,谁为运肥众女郎。男儿何在守四方。男荷枪,女种粮。兵精食足国更强。

述怀

北游燕冀南吴楚,渝市羊城又几春。海内卅年谁识我?卅年我眼更无人。

怀友人在台湾

沧桑已作十年别,鱼鸟何曾一信传。发黑早为霜雪间,眼花时在雾云看。谁知隔水如隔世,却忆比邻更比肩。东望苍天欲久待,老来岁月羁留难。

喜得子

行年五二始生儿,儿长儿成更几时?谁似苍山福寿永,及身犹可见孙枝。

相见时闻恭喜声,贺余得子值衰龄。老怀也觉添丁好,惭愧人前伯道名。

垂老得儿似得孙,哇哇啼笑噪晨昏。听声纵使非英物,足慰萱堂地下心。

齿豁眼花背复弓,从今事业望儿童。他年书剑功成后,莫把无成笑乃翁。

至海南岛

随人老作海南游,朝发江头暮海头。海水波凌天上月,江流绿染槛边鸥。山闻五指觅难见,场过兴隆只少留。蔓草长林沿路在,令人遥忆蓟门秋。

松涛水库车子队

遥望大坝比天高,运土劈山路万条。如水如龙来复去,鸣锣鸣鼓暮连朝。坡斜直下轻飞鸟,坑陡冲腾逐迅飙。热汗征尘满春面,铁肩人尽是英豪。

钢铁人　题钢铁连连长及连政委画像

钢铁连,钢铁人,以人名连,以连名人。劈山运土拦江水,日夜辛勤。不知饥渴病麈,风雨烈日侵。南渡①腰斩成枯津,化为水库灌田园。渠道通连亿万顷,秧苗风动绿缤纷。油棕、剑麻、可可、椰树、橡胶林,亩产值千金。乐哉岛民,饮食丰美食裳新。海南自古荒芜地,沧桑变,人间换,从今后不复忧贫。功臣、功臣,万代推尊。大坝之高入青云,还让钢铁人,高出几分。

①南渡,江名。

秋风

秋风落木燕翎斜,漠漠关河去路赊。甲乙丙丁谁是主?东西南北我无家。地偏海曲六亲少,子尚孩提两鬓华。他日乞身如退老,不知何处驻归车。

旧友

旧友已无多，别来意若何？心胸堆块垒，魂梦阻关河。世易交仍笃，年衰胆未磨。常思酒半醉，花下共高歌。

先君

诗有疑难谁与论？少年诵读欠精勤。而今哪得先君在？重作堂前问字人。

书怀

十载他乡未及还，羊城碌碌鬓毛斑。时艰朋友绝交易，人老夫妻相顾难。胡马越禽皆有恋，朝阳夕月本形单。弥天蕉雨椰风劲，暗把愁颜换醉颜。

忆巴东之行

搴衣涉少水泠泠，倚杖爬坡坡未平。大雨倾盆人两个，万山如墨夜三更。无村无店复无食，畏虎畏蛇更畏兵。一夕保康西去路，廿年回首尚含情。

荒年

米用碗量面要称,每餐多少费经营。恒饥儿女常争饭,垂老夫妻善让羹。买薯买瓜敢惜价,无油无醋未为穷。荒年过年熟年到,又是满街鱼肉馨。

饮酒

归来夜半情方好,腹内辘轳忽转肠。醉把长瓶非纵酒,且医饥饿写文章。

柬蒋瑞云

判决书颁出法庭,便于门外送君行。也知琴瑟常多事,未免蘼芜太寡情。只为采桑生疑窦,休将团扇怨前盟。应怜往日夫妻意,做个怡怡女弟兄。

老骥

伏监车下首仍骧，膝折蹄申骨肉僵。解覆何人怜老骥？长鸣如哭向孙阳。

观历代画展

任他车马满门庭，声价从来无定评。八大荣专今日美，四王齐堕旧时名。文章代名殊风尚，德业人唯敢独行。媚俗夸能吾不取，曲高自有知音听。

晨

红日初高花影重，看花人挽曲栏行。放怀天地无恒物，极目河山有胜情。醒醉酒忘今古事，悲欢诗作短长声。门前尘土飞扬处，竹马儿童戏早晴。

逢李可染

握手忽言欢，各称相见难，十年沧海别，两地鬓毛斑。世利无强项，道隆仗铁肩。论交吾尔愧，未有比周嫌。

读丹青引

丹青赠引怜曹霸，郎尉白头叹杜陵。诗画能工多薄命，书生有志竟成名。锦城路上俗人眼，八月江郊茅屋风。欲仰前贤寻伟迹，史文寥落总难凭。

桂林作

龙头羊角①浪宣传，纵是名山亦偶然。要知老眼识峰岭，不为名山始画山。

两岸云山叠翠屏，朱帆风满出篁丛。一尘不染漓江水，历历石沙见底清。

或宜摹画或宜游，各有千秋夹碧流。七星岩似神仙府，宝塔山如墨玉舟。

雄奇古茂甲天下，朝暮阴晴各壮观。往日画师多误我，此来始识桂林山。

①龙头、羊角，山名。

漓江

漓江夹岸锁嶙峋，浓淡天然大米皴。水似碧罗清见底，山如翠笋忽穿云。洞堂古怪神仙府，石壁斑斓鸟兽文。竹外朱帆一片过，沙头茅屋几家人。丹青纪胜停游艇，诗思兴怀作朗吟。阳朔桂林都历尽，归来丘壑满胸襟。

作画

自家作画自家看，生不必闻死不传。杜牧文章多绚烂，只留灰烬在人间。

冯唐

岂避世全身？市朝作隐伦。白头甘下位，盛代弃贤人。论将悟明主，安边荐虎臣。只缘胡寇急，幸可建微勋。

忽看

忽看一鹭头如雪,绝似莹庵①老后身。今日花前悲诧处,恍疑梦对九泉人。

①莹庵,陈文健别号。

柬王景唐

一年人比一年老,老去时光几许留。安得云龙①同把酒,万家烟火望徐州。

①云龙,山名。

吃肉

素食三年久,儿童不识荤。香红几片肉,欢笑一家人。五鼎何堪羡,八珍应并陈。时康饮杯酒,满面泛红云。

长夜

长夜巧安排,乡居亦快哉!新诗灯下改,旧友梦中来。解闷逢棋手,驱饥仰酒杯。唯伤风月好,衿抱向谁开。

咏蝉

餐风饮露着罗纱,长夏鸣琴向日华。身隐绿杨看不见,清声已到万人家。

蝉

凄清嘹亮透帘栊,信手谁调玉柱筝。品洁何曾餐晓露,声高原不藉修桐。多情常伴三更月,有志能乘万里风。夏日炎炎天正午,满村齐向耳边鸣。

读《说难》

夜半开灯读说难,一行一字一长叹。墙倾盗诮邻家父,兵伐虚诛将士贤。能瞽能聋真有道,孰非孰是欲无言。铭心莫忘婴鳞戒,矫驾啖余敢自安。

春尽

春尽花仍在，夜分月更明。何以人将老，徒然白发生。酒中频览镜，灯下尚穷经。伏枥心空壮，时闻鸣喷声。

能贫

老妻笑说我能贫，懒把丹青入市门。君自无名儿亦苦，短衣数挽不遮身。

游园杂咏

墓门突兀黄花路，路夹黄花烈士陵。七十二人同穴处，来将肝胆吊英雄。

乘兴来游动物园，槛中狮虎独贪眠。猩猩倒立群猴舞，孔雀开屏鹦鹉喧。

岗号红花便不同，岗中烈士尽工农。广阶百级接天处，一墓如山草蔓青。

文化公园聚九流,画廊歌馆任闲游。红黄沿路摆花朵,大厦如山出树头。

洲渚参差荔湾湖,枝残叶落荔枝疏。当年大炼钢铁后,多少园林炉火余。

弟肇东来广州

几日前头便欲迎,来书说即到羊城。北风萧瑟天初晓,忽听敲门问姓名。

一别十年非旧颜,时光赢得鬓毛斑。细看眼角眉梢处,多少辛愁在上边。

五三五五俱衰年,为弟兄难见亦难。今日羊城花下路,越山越水得同看。

人心果

果号人心因貌似,而皮却黑比青铜。人心哪可黑如此?如此黑偏是杰雄。

答客问歌

问君何不开画展？习作只合自家看。问君何不去投稿？囊中买米尚有钱。展览会有审查员，名高职要业不专。投稿亦有编辑辈，殆非真赏崇威权。男儿立身先立志，尺幅片纸有尊严。固穷何能投其好，守道宁肯谓我顽。舌战群雄纵寡助，岁月经过识忠言。老大渐觉无禁忌，抑郁时欲开心颜。漫写性情漫写意，去其芳香去其甜。或言人品即画品，品高笔墨始登仙。与其顺柔宁霸悍，须知形备始神全。崩云蝉翼分轻重，秋风春雨作湿干。欹斜尝学飞帆势，纵横忽为激浪翻。春蚕食叶惊飒飒，落花随风何翩翩。兴来握管如握矛，对客横扫明窗前。丹青缤纷满纸飞，粉墨狼藉四座湔。掷笔悬之高堂上，龙蛇走处生云烟。齐黄[①]磊落今已矣，后之继者岂谁焉？五十六十当益壮，有心但愿天假年。复将哂诋暗自励，白头争着祖生鞭。文章穷达非关命，鸡毛亦可飞上天。功在人民自千古，鬼神喜怒何足患。唯有真作能寿世，唯有志士能独妍。他日挥洒画坛上，气撼岭南万重山。

①齐、黄，指齐白石、黄宾虹。

题画狮

晨起挥毫赴东郊，生写睡狮如死猫。槛中猛兽老且瘦，腕底工力亦不高。背后观者齐哂诋，归而诗之以解嘲。遥思前代好画手，笔锋刃挺狮作吼。横行顿觉风云生，搏击直衔人马走。纵使负伤血模糊,依然据地猛翘首。吾侪何尝不如人?只缘幼学怕苦勤。门前未瘗笔成冢,指间安得笔有神。倘使笔如郢匠斧,定教画狮胜其真。开笺披图益戚戚!未忍弃之如瓦砾。白发闻鸡五更头,亡羊补牢空奋激。也欲画火惊比丘,也欲画龙破粉壁。池水未墨应乞身,惭愧兔园感所历!

海行

碧水苍天一色空,此身摇曳海当中。前行莫漫惊风浪,垂老生涯不解平。

在莺歌海梦画美人,并题诗其上,醒而记之

信步闲庭月正高,心头不锁暗来潮。何人夜半吹横笛,幻作云间弄玉箫。

过天涯海角

苏子亲题处,苍苍古石头。投荒纵不恨,恋阙未能留。大海任冲击,斯书仍劲道。高风千古在,徽哲自堪羞。

海

风兴山起伏,风定玉平铺。夷险两难测,晦明万象殊。帆轻蝶立翅,日落镜悬珠。天地真空阔,一萍可状吾。

舟中

耳边似听风雷吼,脚底踉跄两眼昏。白浪如山都不管,蒙头一觉到崖门。

文章

事业竟成易,文章知己难。唐衢纵有泪,流莫向人前。

不眠

经宿不眠夜,都缘家事牵。甥孱失怙恃,弟老守孤寒。怕死为儿幼,安贫赖妇贤。不因人热者,怀岁俱增顽。

题自画像

欲写真容嫌老丑,却吞美酒作仙丹。图成人尽夸风采,一笑哪知是醉颜。

逢李桦

少年征大作①,到老始相逢。随众瞻风采,因人介姓名。沧桑怀旧事,语笑慰平生。明日岭南路,关山又几重。

①征大作,一九三三年北平木刻研究会开全国木刻展,我曾向李同志征集过作品。

暴雨

连歉三年久,隔窗愁雨声。逢人忙借问,何处有灾情?

忆南京

鸡鸣灵谷作游人,把酒莫愁记忆新。踪迹远来南海路,梦魂常绕秣陵云。画船明月秦淮夜,堤柳烟花玄武春。自是东南形胜地,纵无王气也称尊。

得王景唐宗惟成书有感

故人皆多病,唯我独康哉。灯火吟诗稿,海山觅画材。立身应似铁,处世或如梅。东望两夫子,含情远碰杯。

放怀

放怀天地小,知命任沉沦。毁誉千年事,死生一霎人。闻鸡非少壮,伏枥但悲辛。何以肆吾意?管生固已云。

柬李可染

继踵齐黄机杼新,廿年前已作知人。而今声誉满天下,天下何人更识君。

游鼎湖山五首

一夜江船到鼎湖,小楼山半树扶疏。钟鸣邻寺知天晚,花下品茶月上初。

怕行山路懒寻幽,飞水潭边只少留。万朵银花垂素练,从天直落树梢头。

庆云深锁万山中,岁月摧残老寺容。正苦挥毫无好景,破楼僧打夕阳钟。

鼎湖游罢又星湖,壁立七峰水上孤。下得车来先一望,银盘螺蛤似蓬壶。

一片风声杂水声,萧萧瑟瑟伴江程。满船归客皆入梦,唯我醒来独坐听。

圣狮禾场

一堆堆入碧云间,村上人无片刻闲。未到禾场先瞥见,绿榕树顶出金山。

恍如一梦到非洲,金字塔前作壮游。识得禾堆忙失笑,此身原在圣狮头。

打禾声急暮天秋，新谷云铺满地流。忽起波涛作大海，黄金涡里看丰收。

过孙中山故居

死后生前一样贫，两三间屋且空陈。辛勤再造乾坤日，四十年中未顾身。

过威远炮台

已共牛羊结队行，更凭雉堞吊荒城。英雄死去无遗憾，草木风来有战声。热血横喷疆土赤，忠魂长伴海山青。当时一炮惊夷胆，故垒争传威远名。

威远炮台见解放军

草木萧萧故垒存，江天日暮吊英魂。精忠更有健儿在，能把西夷一气吞。

游七星湖

黑山黄叶七星游,船上人如海上鸥。水月宫中花并放,屏风岩外雨初收。覆堤直是西湖柳,连苑如登北海楼。更讶双流诸洞府,希奇不让桂林幽。棋罢仙人子未收,白银盘里七枚留。或如雄雌鲸鲵伏,脊背参差柳岸头。天上偶然遗北斗,人间赖以壮南洲。蓬莱方丈闻难见,未识玲珑胜此不?

花市

轰轰爆竹报年新,缓步羊城亦畅神。霄汉星高除夕夜,鬓鬟影动卖花人。牡丹落落无双艳,蜜橘离离缀万金。好个市民多雅兴,小桃红荷一枝香。

题一花牡丹

万紫千红满玉堂,一花一放即称王。天香国色难相见,醉抹胭脂化晓妆。

苏州梅花盆景

暗香疏影姑苏来，老干新枝别样开。老干千年疑朽木，新枝花朵锦初裁。

再到武昌

十年又到大江滨，江水滔滔入暮云。白雪犹生寒腊意，绿杨已作万家春。亲朋矍铄多成叟，门巷依稀旧是邻。欲觅钢桥惊诧处，龟蛇横卧老龙真。

琴台

高山流水访遗音，台阁荒凉柳色深。俞伯牙亡子期死，人间何处有鸣琴。

洛阳道中

翠抹春山雪渐消，高原黄土未生苗。篱边鸡犬曝风日，花里人家半洞窑。园种桑榆防岁歉，野无牛马识民劳。车行如箭日当午，已过洛阳河上桥。

道边

　　柳青青接麦青青，油菜花黄林杏红。中有人家结茅屋，土墙篱院豆瓜棚。

西安感怀

　　一车远到西安城，北阙峥嵘照眼明。兴庆①池亭唐禁苑，渭阳丘垄汉诸陵。美人代代出褒姒，皇帝家家生子婴。传至万年都是梦，黍离麦秀总含情。

①兴庆，公园名，是唐兴庆宫旧址所建。

西安作

　　潏沣为带灞为襟，八水长安二月春。麦色翠连秦岭雪，杏花红映华山云。曲经韦杜怀名士，亭过沉香惜美人。偶瞥未央之故址，汉家宫殿已成尘。

韦曲

黄土墙头出杏花，偶经韦曲感繁华。何来将相神仙府，都是寻常百姓家。

樊川作

鸡犬隐相闻，炊烟冒远村。桃花潏水岸，杨柳少陵原。兴教塔容古，终南云气昏。欲寻诗圣迹，祠像一销魂。

留别汪占辉

来匆匆复去匆匆，花里长安一度逢。少年狼狈窜南北，老大参商作弟兄。得意人多夸贵幸，无名谁敢识英雄。夜阑相对倾谈处，肝胆沧桑月似弓。

到北京

咸阳汉口北京市，都在花香鸟语中。十分春意随人意，到处东风压西风。

太液池边柳渐绿,天安门上日初红。高楼大路车如水,万国衣冠簇此城。

赠徐天许

廿年不知处,燕市忽相逢。白雪惊双鬓,红颜忆旧容。别来诗万首,语罢酒三盅。贤德古稀嫂,调羹滋味浓。

行到

行到武昌梅子青,待经伊洛杏飘红。白桃花发樊川路,绿牡丹开燕市风。

何所适

名利定伤志,困穷必掩才。顾瞻何所适,歧路久徘徊。试望高轩鹤,向天长翅开。复闻中坂骥,辕下喷鸣哀。何若金门隐,市朝作草莱,轻狂自玩饰,到老无嫌猜。

画囊

画囊轻荷一肩斜,不履不衫步当车。亿万人前谁识我,百千年后几名家。葫芦依样群争笑,蹊径别开论更哗。应把文章高自许,凌云健笔欲生花。

怀友人

淡妆浓抹夜阑初,人影灯光画不如。岂有干戈一别后,绝无消息十年余。青春梦断瑶台月,白发心随油壁车。昨日开箱思永好,惠遗犹睹旧琼琚。

一廛

瓦舍粉墙院,芭蕉当户斜。一廛我羡尔,归老尚无家。

悠悠

悠悠逢盛世,忽忽度残年。幸矣无诗账,欣然有酒钱。不争兼不辩,任怨复任谗。一笔糊涂画,兴来即是仙。

闻家乡水灾

平地可行舟，汪洋水四流。惊闻乡国讯，遥为岁年愁。禾黍湖中藻，村墟海上洲。衰残怜老弟，白雪更盈头。

凭栏

画堂睡起日初斜，今古凭栏一叹嗟。尘土多生歧要路，鬼神独祟病愁家。义孤于世空肝胆，力不从心惜齿牙。人海茫茫何处是？三杯酒醉岭南花。

利名

利名双扰攘，今古一嗟叹。简淡诚堪慕，子云欲学难。草玄覆酱瓿，奏赋老郎官。能不为驱使，圣贤亦可攀。

读史

丈夫出处漫嚣嚣，千载贤愚未易料。勋业鲜和才并茂，文章难与德同高。何曾饮酒能忘世，确为养亲始折腰。好学独称回也庶，依然陋巷一箪瓢。

八大山人鱼图

事恒宜假不宜真,画上枯鱼胜活鳞。闻说一条钱一万,真鱼才值两三文。

寄画

江山雄秀夸南都,写取一方入画图。欲与老兄遥共赏,片笺万里寄星湖。

学画

学画传应万里游,已将足迹遍神州。如何笔底无高韵?万卷书曾读也不。

画梅

今日画梅却到迟,树头树底堕胭脂。忽然纵笔莫惆怅,老干残花态更奇。

题画　风景、工厂、静物

舒眼匡庐顶上峰，云间五老尚葱茏。卧凭一榻观天下，万里河山斗室中。

银锄起落变人间，老眼沧桑一焕然。粤汉路通京汉路，广钢烟接武钢烟。

写来佳果恍闻香，知味何人涎水长。金橘圆肥龙眼大，荔枝红暗米蕉黄。

养鱼

水清鱼儿瘦，水浊鱼儿肥。不辨清浊意，焉知肥瘦机。

落日

一九六四、一九六五年，在阳江阳春搞"四清"，曾写诗数十首，尚未誊入正本，而文化大革命忽起，家人不识字而有所畏焚之，仅以下数首尚存。

一明一明又一明，将薄西山意未终。忽然穿过乌云后，犹有惊天半壁红。

插秧

满村健女俯清波,顷刻泥田覆碧罗。妙手无须针线用,春秧束束绣山河。

无名树

千林皆吐翠,此树未回青。五月岁将半,空枝叶不生。风来声瑟瑟,雨过韵铮铮。系马雄边邑,巢鸦缀晚晴。杈丫无老态,萧索有高情。欲问英奇物,村人不识名。

小技

小技夸能原自哂,大非宁屈不相争。十年踪迹半天下,一代文章无姓名。往事已随流水去,老怀难值故人倾。夜深儿女灯前笑,且慰西山日暮情。

稗

禾中有稗,或曰白草。形与稻似,实则非稻。乍看难识,详察了了。其叶微细,其色微缟。入手而柔,骨力独小。无毛而滑,粉腻窈窕。高出禾上,迎风袅袅。不识冰霜,雨露唯饱。亦知其异,而蔽其狡。选种稻秧,筛除宜早。误插田中,益难荡扫。及其结子,为患已老。哀哉农民,稗岂不晓。自幼拔之,终不能少。迷迷漫漫,望之渊浩。其子其孙,竟以昌好。此何故耶?质之有道。

拔稗

我来拔稗,稗难识之。拔或伤禾,禾复植之。拔或留根,根复除之。何复除之?视彼如仇。稗肥禾瘦,岁歉之由。何复植之?万民所食。兵赖以强,国赖以治。

书声

偶以书声惊犬吠,因思旧事廿年前。万山如墨渝州夜,人影灯光读一庵。才到鸡鸣衣顿冷,也当月落腹生馋。而今那莫[1]文如海,老眼昏花不易看。

[1]那莫,村名。

那莫妇女

金鸡鸣，天曙矣。披衣衫，开户起。先挑水，后淘米，侍翁姑，哺儿女。放鹅鸭，饲犬豕。家事了，下田去。午不归，带饭箧。日不足，燃灯柱。饥渴寒暑不顾身，蓑衣竹笠坑洞里。春种稻，冬种薯。边点豆，边播黍。除莠草，担粪土。风雨交加远无阻。荔枝苗，松杉树，辟陇丘，作林圃，遍地栽，无闲处。铁臂银锄争起落，青衫红袖汗如注。不着袜，不着履，赤脚登山掠荆杞，千担万担烧窑灰，雪堆皑皑肥田耳。出勤回，结伴侣，数十成群共笑语。有温柔，有刚鲁，各人性情皆可取。有好文，有好武，各人习惯皆可许。红装武装俱少年，风姿飒爽尽善美。有时登场值农闲，敲锣打鼓起歌舞。勤办社，俭律己。农林牧副皆并举。种田也是为革命，粗衣恶食何足数。比王杰，学毛著。满村都是李双双，以私害公齐喝止。利人荣，利己耻，新道德，风尚此。不怕苦，不怕死，一心一意为集体。自谓老眼看昏花，那莫妇女多可善。万山环抱一山村，社会主义建设正赖尔。

读陈卓坤同志狱中诗草题后

啊！好诗。写得既真既切，有爱有憎。句句锋利声声嘶，不是流莺，却是苍鹰。乍展读，寒灯下，竟不禁使我，眦裂、发指、眉横。一度激情，再度激情，惊心往事慨慷中。恍惚间，眼前又出现了，旧社会的黑暗图形。那些吃人的魔鬼，面目狰狞。

那些患难中的朋友，镣铐叮咚。起坐且屏营。真可爱，三十年前的同学，卓坤同志，壮如犊，也正年轻。参加革命，不怕牺牲。果然是亲身阅历，牢狱酷刑。被捕、受审、罢饭、罢工。好同志邓中夏的不幸，刽子手谷正伦的逞凶。处处是打和骂的生活，天天是生和死的斗争，点点滴滴写分明。统治者，手上血腥，地上血红，杀人如草不闻声，白骨堆高比山峰。真侥幸，西安变起，国共合作，虎口余生，抗日声里脱牢笼，八路军里请长缨。北战南征，十年裹甲，解放了胶东、济南、开封、徐州、南京，又来到了羊城。看我们的老战士，卓坤同志，到于今，尚赢得，风骨峻嶒，从不骄矜，激昂往事写诗成。豪气吐长虹。速投稿，把诗篇与群众见面，将反革命无人道的罪行，告诉给，亿万个年轻的姐妹弟兄，广大的工农兵，以及那衰老的糊涂虫。糊涂虫，这其中有我一个，鬓发凋零，耳目昏蒙，居然敌我认不清。全仗这英雄事迹，战斗作风，激励着我们，对于革命的热爱与坚贞。惭愧甚！读完了这篇佳作，题数行志慨，聊表愚忠。我亦当年怀旧事，抗日战起，新四军一度从戎。大会小会宣政令，白天黑夜斗输赢。拔据点、扒铁路，来去无踪。阻击战，遭遇战，万马奔腾。直杀得鬼子兵，魂亡魄丧，口呆目瞪。漫自许，附绝足，也曾作个骥尾蝇。讵难料，晴天霹雳，父死渝郊，母留燕洞，奔丧万里，困迹蚕丛。成了个断线的风筝。沧桑变，人间换，全国解放，又回到了革命队伍，为憾难胜！却羡他，老少年卓坤同志，革命到底。几成仁，竟成功，无限光荣。夜深矣，苍茫河汉，北斗历历，在在仰精忠。

卷五

（一九六六——一九八九）

一九六六年十二月十日夜，梦题"万点落花来去路，一窗明月短长更"醒而成之。时在怀集分校劳动

万点落花来去路，一窗明月短长更。离家戴罪怀城夜，梦里题诗别有情。已任丹心遭白眼，敢凭赤手搏苍龙。孤特自古成孤愤，慨听邻鸡报晓声。

下放南边干校

已是营中老病残，也随青壮到南边。清栏①尚夸腕腰健，担土常嫌肩背悭。风雨一蓑人似鹭，江湖半面水如天。春耕夏种秋收后，放个单牛且胜闲。

①栏，是牛栏。清栏，是清除牛尿牛粪，调换铺草。

怀友人

目逐板桥去路尘，黎明分手各沾巾。哪知一入南迁地①，此后难为再见人。几度梦魂来笑语，廿年生死断知闻。青天碧海白头别，谁续生前未了因。

弄玉吹箫便不还，蓬莱东望每长叹。当其去也顾频频，欲往

从之难复难。二十年华人似玉，八千里路海连山。情缘未断姻缘断，青鸟无由来探看。

①当时南京人把南逃谓之南迁。

登伯牙台

知音难遇遇知音，为遇知音始鼓琴。流水高山空仰慕，荒台古阁独登临。云间黄鹤无留影，江上长虹有度人。老木萧萧过三镇，一杯来吊楚荆臣。

回思

回思燕洞作书虫，地僻身闲可用功。残月半规三更夜，万山如墨一灯红。文章歌哭怀司马，郎尉穷愁叹杜陵。我待二公独崇敬，诗才浩荡史才雄。

煮药

风翻火笑红泥炉，雾吐云喷白水壶。一曲霓裳初奏罢，药香咳唾作真珠。

题破画

画图归后乱铺陈,补补修修一半存。百孔千疮钉子眼,七横八竖指头痕。霉灰黑黑空王面,皱摺条条饿鬼筋。更有不知何处去,铁鞋踏破已难寻。

一九七四年五月二十五日送明芳携三胖还家①

提携归故丘,老别易生愁。佯拭汗盈面,难遮泪暗流。采衣希犬子,白发念黔娄。寒暑广州路,风尘迄未休。

① 杜明芳是妻子,三胖是儿子。

八月一日医眼偶题

遥供心花一瓣香,白头再拜谢医良。波翻银海明珠破,幸赖长桑绝妙方。

闻周总理逝世

隐忧尚望起沉疴，噩耗传来初谓讹。比德应卑秦上蔡，论功不让汉萧何。亿民有口碑铭在，万国伤心吊唁多。电视台前别遗体，吞声人尽泪滂沱。

忆秦娥

难忘却，去年九九哭声咽。哭声咽，惊天动地，太阳星落。百战英雄奋晚节，誓承遗志心如铁。心如铁，羊城酒尽，"四人帮"灭。

买鱼

买鱼早起到江干，尺半长提归满篮。剖腹全无书信迹，劈鳞犹有剑光寒。壮跳伊阙关高险，幼戏池莲叶北南。今日横陈刀俎上，客来适可劝加餐。

天晓

鸟鸣知天晓,起步林间道。道旁落叶深,林隙残灯耀。高低几树花,红白向人笑。花下老翁谁?身手击拳妙。

题画

一幅丹青但写真,不标宗派不标新。年高未敢轻形似,自谓宋元以上人。

白云山怀陶铸同志

白云山树碧罗裁,都是故陶书记栽。多少游人挥汗罢,绿荫底下纳凉来。

再到西湖

四十年前艺院游,师生济济院新修。而今再到读书处,唯有垂杨拂白头。

湖光山色画堂开,罗苑①三年亦快哉。罗苑已无遗迹在,轻舟又送故人来。

印月三潭觅旧踪,别离久似未曾经。此来忽觉成仙子,飞入蓬瀛海上亭。

花月其人可铸金,湖山埋玉地难寻。销魂再过西泠路,不见当年小小坟。

同学兄卢②相见亲,夜阑灯下焕青春。诗成神鬼惊佳句,酒晕心肝是可人。

①罗苑即哈童花园。②卢为卢鸿基同学。

题八大山人画册

笔墨都称荒率难,山人荒率画中仙。板桥枉自论茸减,茸减何曾是画诠。

木棉树

共言此是英雄树,貌似栋梁实下材。匠石由来轻散木,年年春得有花开。

怀友人

似玉似花复似烟,白头翁忆黑头年。芙蓉夜话巴山月,杨柳春嬉玄武船。一事有情皆可恋,几人能结再生缘。遥怜蓬岛痴仙子,枉用金丹苦驻颜。

改诗

改诗先去伪,作画但存真。海内无知己,天涯有解人。闻鸡忘老大,伏枥忆腾奔。慎莫求安饱,功成多苦辛。

题少作鱼鹰图

或鸣或宿或修翎,四十年前此寄情。当日新婚妻子手,为磨焦墨画鱼鹰。

天翻地覆几沧桑,依旧墨香满画堂。何以斯图兵火后,得全篇幅在家乡。

茅屋三间忆故庐,少年踪迹已模糊。唯余一幅抗前画,权作龙城①感旧图。

①龙城,萧县县城名。

题黄山图

生平从未到黄山,不识晴云似海澜。七十二峰堂上出,卧游万里见奇观。

题所赠画册

彩绘十余幅尚精,新来寄自凤凰城。礼轻义重遥相赠,聊博君家一笑情。

何以

校门口外日徘徊,欲看有无书信来。何以此身难坐待?不嫌空往复空回。

凤凰台上忆吹箫

一纸来书,几行热泪,东西两地情牵。竟坐思行想,如在身边。恍见天生模样,目点漆、齿贝唇丹。腰肢健,风姿飒爽,一笑嫣然。

仙媛，纵未知姓，幸知心自料，不算无缘。念牧斋人老，柳隐当年，多少风流佳话，到今日，尚有谁传。肝肠断，关山万里，望眼将穿。

八声甘州

觉身边伴我是何人？竟如影随形。恍美目流盼，纤躯婉转，莲步轻盈。愿作比肩携手，故处欹斜行。叹离怀如梦，易梦难醒。

才识名未见面，凭锦书一纸，遥结深情。又多少欢笑，多少泪珠倾。更谁知，自将独语，作偶语，问答怕人听。莫非是，三生有幸，再遇云英。

浣溪沙

今有人兮共戚忧，一心愁解两心愁，愁来愁去几时休。
纵使多情呈笑脸，敢将红粉伴白头，抚膺不语泪潜流。

阮郎归

怕思量又细思量,老怀易感伤。物情反复道之常,但祈永乐昌!

春三暖,秋九凉。莫教甘露①变严霜,令人欲断肠。

凤箫吟　题照片

看眉淡春山有恨,眼含秋水生情。正临歧念远,待音书至,南望归鸿。任风吹疏鬓,影婆娑,雾敛云凝。故淘气装聋,与语唤不应。

最怜,聪伶模样,口拟笑,面带愁容。漫轻叉素手,玄裳缟衣似,鹤立林坰。凭经寸小照,咫尺间,千里相逢。从今后,藏之衿袋,夜伴书灯。

点绛唇

玉照缄来,启看顿诧形容瘦。非关病酒,都为相思久。
人在天涯,千里离情厚。锦书就,频挥纤手,泪湿红衫袖。

如梦令

来电确言午到,车站往迎宁早。开槛入人流,望遍人流都杳。毋恼!毋恼!忽见那边她笑。

长相思

稀相逢,喜相逢,纵使相逢狭路中。聊宽小别情。
一心盟,两心盟,确有心盟也是空,只缘白发生。

兰陵王

不来了,两日凭栏空眺。忽听是,感冒风寒,举目无亲躬自悼。急深宵往视,四壁寂寥孤灯照。胶拖①坠,帐底轮困,弯着腰身正睡觉。

口燥,鬓发燋,泪眼红未消。强扶坐起,面庞歪向膝头靠。叹本来瘦小,更加窈窕。苍白脸儿恰如那,带雨梨花俏。

我道,便医疗,住迁病院好。答言冷诮,漫都是些随心调。更倔强执拗,似恼非恼。责她淘气,她却在低头笑。

①胶拖,即胶拖鞋的简称。

惜琼花

　　林间路，晨散步，往来已不知多少回数。何人过我无还顾，林外匆匆，隐约飞度。

　　太凄凉，空眷伫。趋前欲挽留，留也难住，渐行渐远入烟雾。莫道无情，却忆她有情处。

把酒

　　君岂一去成黄土。我亦卅年变白头。独上江楼狂把酒，断肠酒泼断肠愁。

读友人诗稿

　　人去尚留诗稿在，当时不解别离难。而今隔海相望日，泪眼模糊仔细看。

少年游

昨宵一梦伤奇遇,窈窕谁家女?无情有情,覆雨翻云,恩怨两心苦。

死生再也不相逢!往事难回顾。病床独记,娇喘纤腰,眉眼频如语。

车上作

挥毫远作太湖游,风雨凄凄正自愁。忽向车窗欢拍手,一行歪柳系渔舟。

蠡园

西施独载作闲游,范蠡当年此泛舟。必定英雄知去就,功成适意不封侯。

"文革"期间再到南京

秣陵秋色嵌黄金,卅载重游备觉亲。梧柳已非前代树,友朋都是白头人。鸡鸣火化神仙劫,玄武波翻夔魍尊。虎踞龙盘形胜地,当年王气未销沈。

白门怀旧

一夕沧桑手便分,卅年生死莫知闻。伤心再过白门路,旧梦凄凉何处寻。

忽然此地起楼台,当日荒凉尽草莱。谁与比肩草莱过,月光如水照双腮。

比巷而居几度春,相思未可便相亲。最怜七夕合欢夜,做个银河待渡人。

相别时知相见难,临行步步转头看。遥思蓬岛罗巾上,犹有当年涕泪斑。

板桥村是旧时村,村后村前怅望深。只是绿窗人不见,天涯何处可追寻。

春梦依稀在渝州，几番欢乐几番愁。可怜燕洞如钩月，长挂离人心上头。

由来思路接天长，欲到蓬莱仙子乡。设若玲珑宫里见，白头应发少年狂。

江南

江南十月正清秋，黄叶声乾白水流。范蠡园边怀范蠡，莫愁湖上想莫愁。非她愿作卢家妇，是我甘封万户侯。今日远来夸身手，丹青横抹写林丘。

韩文公祠

载道载功且率真，文章得比帝王尊。唐朝三百年亡后，唯有韩公祠庙存。

祭鳄鱼文万口传，为民除害到潮安。纵然刺使无封地，从此江山便姓韩。

莫把迂顽笑苦人，士难直谏竟忘身。满朝多少折腰吏，几个安危社稷臣。

为老夏画像作 老夏,即老友夏晨中同志

老夏老且瘦,但写老瘦反不喜。更绘白胖似官人,眉飞色舞始称意。世人之常情,最忌画图留病容。肥头大耳称富贵,横眉竖眼即英雄。技拙未能添风采,去真取伪难为功。无奈斯图自藏之,肥瘦何足定妍媸,应知如柴形骸下,居士维摩像类兹。

我待

我待以诚待我伪,爱君容易恨君难。恨君几到杀君处,犹有恩情白刃间。

采桑子二首

当年幸识春风面,几度沧桑,两鬓星霜。始信别来岁月长。云中忽寄吟笺至,一片凄凉!一片欢庆①!题扉尚念有崔郎。

依旧北游燕市日,心易多情,事易伤情。有似河梁一尾生。遥忆淮南桑梓地,花正凋零,人正仃伶。灯残月落断肠声。

①庆,读羌。

题画　写于合肥

峻嶒山势与云齐，曲是河流直是堤。敢学大师留画本，更充名士有诗题。他乡客老皤双鬓，故国朋欢解醉颐。试向华堂高挂起，笔端磅礴吐虹霓。

将去温泉

养病温泉忽解颐，眼前人物亦新奇。拐仙皓首犹英气，大士红颜知礼仪。几曲山环几曲水，一篇画是一篇诗。流溪河畔将归去，万木萧萧惜别离。

怀友人

一别白门事可哀，相思不到梦中来。卅年万里无音信，其殁其存枉费猜。

北京作

几历沧桑劫后身,白头搔处感风尘。男儿合为知音死,所憾知音未有人。

浣溪沙

不约同来古画前,画前握手岂非缘。一番欢喜在心田。
只念旧恩忘旧怨,暂时相见且相怜,阑珊灯火尚流连。

长相思

似无缘,非无缘,不约同来古画前,新欢释旧嫌。
非无缘,似无缘,又隔云山路几千。此生再见难。

生查子

去年信未回,望眼空垂泪。坐则常如痴,行则常如醉。
今年信未回,泪已不曾坠。情好下弦月,夜夜清辉退。

西江月

此地忽经一愣,当年谁与同游。几多欢笑几多愁,每事思量孔疚!

不告而行信杳,空劳痴想心羞。落花西去水东流,寂寞园林似旧。

西江月

尺素不传有故,山盟虽在无凭。纵然负我未忘情,寂寞离鸾吊影。

流水性情左右,落花身世西东。春肠遥断牡丹亭,何处堪寻旧梦?

满庭芳　咏昙花

叶展青萍,花开雪碗,清香胜过龙涎。更深夜静,含露复含烟。磊落风流旷世,娇羞处,常在灯前。嫣然笑,无言解语,风动舞蹁跹。

多情,蜂蝶倦。相思有梦,识面无缘。任孤芳自赏,玉女天仙。幸被丹青写照,俏模样,万代流传。莫叹惋,尘寰一现,薄命古今怜。

浣溪沙

已断因缘再续难，犹思再续亦何顽。枉添烦恼在眉端。
久别情如秋水淡，负伤心似晓霜寒。侧身南望桂林山。

西江月　题友人旧照

四十年前玉照，三千里外词人。白头俯视一伤神，风度依然雅俊。
杨柳腰身瘦小，桃花粉面生春。当时欲近反相嗔，大好因缘没分。

满庭芳　咏水仙

风去凌波，月来弄影，金冠玉貌堂前。绿云拖地，不爱傅朱铅。一钵唯盟白水，何曾结好恶姻缘。诗书畔，低昂向背，艳逸似神仙。
岁寒，春尚早。群芳未放，破萼先妍。生不识冰雪，家在南天。夜半情心欲诉，相思梦，知到谁边？空憔悴，香消洛浦，千载惹人怜！

西江月　写于一九八二年美协迎春会

　　视弱懒观细字，步强爱上高楼。迎春会里祝朋俦，一盏香茶当酒。
　　除夕百花遍赏，羊城廿载曾游。古今名士尽风流，老尚多情益寿。

西江月　写于一九八二年高教局团拜会

　　美点酸甜满案，香花郁烈盈瓯。一堂济济尽名流，地久天长庆寿。
　　七十二龄尚健，八千里路来游。居然诗画遍南州，笔与江山竞秀。

鹧鸪天

　　未到元宵春意零，九天风雨一天晴。泥泞不得出门去，拜节人来作送迎。
　　窗外见，晚霞明，小桃几树吐红英，炎炎束束新星火，点破松杉四面青。

偶然

偶然相见便相亲,论画论诗更论文。一种心情难自解,依稀都是有缘人。

一生

一生一死几朋友?独往独来天地间。垂老他乡无事事,半参诗画半参禅。

人逐

人逐燕南去,燕归人未归。卅年海上望,万里泪空垂。白发前情笃,红颜旧梦稀。琼琚思永好,千古两依依。

青玉案

归来往事成追忆,比旧梦还难记。万绪千头如乱缕,空房惆怅,孤灯凄楚,都是别离意。

窗前明月当俦侣，口中微吟断肠句。义气感君心已许，其坚如铁，其明如炬，生死两相倚。

浮萍

浮萍两小片，漂泊海南头。相遇辄欢悦，相离辄殷忧。殷忧复殷忧，忧到死方休。

送君

送君古渡头，河水去悠悠。双手捧脸看，有泪不遑流。船头一挥手，炎夏忽霜秋。

西江月

庭院银灯闭钮，江天皓月明廊。罗帏轻启出兰房，不语凭栏半响。

风露着衣微冷，泪珠沾面悲凉。木然独自断离肠，似醉如痴孰谅。

夜

夜色沉沉小院空，寄思常在明月中。只看桂树摇清影，不见嫦娥带笑容。

渔家傲　七夕作

心近人遥迹更远，有情不敢托书简。何似当初新识面，输诚款。万言下笔风云卷。

众口铄金金不断，吠声吠影真遗憾。滴滴横波明媚脸，泪痕满。今宵忽得重相见。

相见欢

谁家墙外芙蓉，脸初红。恰是那人小别，又重逢。秋心醉，笑眼泪，两情通。多少相思相慕不言中。

黄山作

沿路看山不见山，云来云去有无间。闻鸡知有人家住，瓦舍粉墙水一湾。

得盘桓处且盘桓，怕跻攀时莫跻攀。老难夸腰脚健，半山寺畔即归还。

山下看山山更雄，天都峰接紫云峰。桃花太近莲花远，人字瀑前作画工。

乍暗乍明顷刻间，白云破处写青峦。始知枯瘦渐江笔，不识黄山雄秀颜。

扬州作

一代风流唐牡牧，千秋英烈史忠公。尽是前朝遗范在，今人还有古人风。

题宋亦英诗词集

绝妙诗词万口传,立言立德古来难。才高命薄谁相似,千载同悲李易安。

满庭芳　萝岗观梅

两两三三,嬉嬉笑笑,寻春多少游娃?萝岗梅讯,轰动市人家。我亦前来共赏,争车马,不厌喧哗。新晴日,千林万树,香雪接天涯。

最怜,其貌古,蟠根屈曲,老干杈丫。更临池横卧,似伏龙蛇。欲写一枝寄兴,亲风雅,长伴斯花。黄昏后,怅然离去,明月淡笼沙。

浣溪沙　题所画美人蕉图

一幅丹青和泪描,临行持赠伴寂寥。美人娇对美人蕉。
花在折时心必碎,人当去后梦难招。关山鱼鸟莫辞劳。

小重山

七夕女牛恨未消,银河风浙浙,雨潇潇。乌云何处有星桥?依然是,一种可怜宵。

两地路迢迢,佳人身力薄,怕辛劳。难凭旧约远相招。心空想,玉烛照红娇。

浣溪沙

起坐徘徊身未宁,待君不至也成行。留书语作断肠声。

一再回头一再泪,短长去路短长亭。远游惜别好伤情。

对镜

万里岭南客,十年劫后身。老来生死伴,只有镜中人。

乡音

鸟啼亭上树,人语树边亭。人语诚难释,乡音唯鸟声。

游园

晨起游园,时或多乖。凄其风至,沛然雨来。雨为我泣,风为我哀。水湿我衣,泥污我鞋。板桥水榭,竹径花阶。游女偶过,误识误猜。悠悠苍天,郁郁离怀。君子唯独,独痴独呆。

题个展签名簿

莅会无权要,来观尽后生。后生偏见爱,权要每相轻。道小人难识,德高自擅名。艺游六十载,龙蛰亦豪英。

到鼎湖

偶到鼎湖住,看山石径行。深云藏古寺,密树出高亭。鸟作神仙侣,泉喷风雨声。扶携怜少艾,不笑也倾城。

不忍

不忍离君去,怜君吃住难。回头一怅望,愁绪满秋山。

有感

窗外月光明,床前蟋蟀声。深山人卧病,良夜梦难成。朱紫原无分,丹青独擅名。谁知天下士,不在庙堂中。

浣溪沙

杯酒慨慷江上楼,羊城三十二春秋。等闲白了少年头。纵使不为身后计,何能便向死前休。得风流处且风流。

戏和某女士征婚诗原韵

谁遣狂夫入暮年,尚思有分结良缘。春风比翼拟飞燕,秋水同声唱采莲。骨肉但求如玉软,心肠不必似金坚。关情若问身家事,我是逍遥水墨仙。

采莲曲

莲叶团团莲茎短,莲花艳艳莲心软。轻摇橹,缓行船,为爱莲花试采莲。今日采莲花正好,明日采莲花已老。一叶不留听雨声，青青唯剩江边草。江草新，江水深，江莲采罢泪沾巾。来岁花开江水上，不知谁是采莲人。

杨柳芙蓉歌

杨柳垂垂江水滨，枝疏叶少不成荫，芙蓉花发色容好，潇洒风流自绝尘。一日杨柳晚风前，赢得芙蓉心见怜。相依相偎江水上，忽然江水起波澜。波澜生，亦不惊。杨柳袅袅舞腰轻，芙蓉艳艳醉颜红。同荣同枯同作海山盟。

荆卿

轻提匕首入秦廷，生劫秦王事不成。一笑甘为知己死，人间从此重荆卿。

今别离

别离无远近，不能会面近犹远。隔千里，但却径宵复缱绻。才咫尺，但却经年独辗转。我心之苦难俱陈，唯有孤零最酸辛。宁为同窀同穸风流鬼，不作相思相望别离人。

长相思

邂逅在歧路,侥幸遇瑶姬。乍见悦其色,再见悦其辞,殷勤致诚款,欢恋及良时。一朝忽分手,各去天之涯。或如东流水,何日是还期?或如长夜烛,垂泪到晨曦。音书通消息,魂梦接容仪。尚许作鸳侣,比翼起双飞。岂意事难料,别久生猜疑。居然忘旧好,居然结新知。新知乐复乐,旧好悲复悲。恩义中道绝,空忆定情诗。吾年非少壮,吾心似婴儿。呼天唯祈祷,伏地唯唏嘘。捐弃亦何速!眷爱亦何迟!死当长已矣,生当长相思。

王昭君

慷慨出宫门,英雄即美人。一身甘远嫁,万里为和亲。

青冢葬孤魂,强于作汉嫔。不然长信里,哪有画眉人。

琵琶一曲泪,千古动人心。青史讥昏诏,骚人作苦吟。

昭君叹

好色不知色,按图召美人。美人终远弃,岂独一昭君。远嫁难为情,琵琶作怨声。谁知胡女贿,有似汉宫廷。

怨歌行

今我遇知音,大慰平生愿。虽未同欢好,已觉深眷恋。一日如三秋,三秋难一面。只可长相思,不可常相见。相思人不知,相见人争讪。众口堪铄金,有理难分辩。畏谗复畏讥,往来因以断。甚或致死生,旧事多殷鉴。人情幸祸灾,人性疾良善。咫尺若天涯,梦魂空缱绻。

鞠歌行

性似柳,品似莲,一见生情非偶然。初长夜,欲曙天,一番欢喜不成眠。渴忘饮,饥忘餐,人或谓我是痴癫。去书易,得信难,得信难则徒自怜。托吟咏,赠诗篇,一字一句摧心肝。情戚戚,意团团,见人还须强笑颜。相思苦,相见欢,不知欢好可有缘?莫畏谤,莫畏谗,地久天长歌忘年。

谁能

少小出家门,东西南北人。星怀燕洞夜,柳忆板桥春。老眼藏新泪,孤心稀笑颦。谁能同苦乐?卒此百年身。

已爱

已爱朝阳照鬓鬟,更怜风劲着衣单。送我不能随我去,只留形影梦魂间。

何处难忘酒

何处难忘酒?相欢去我秋。齿崩新愤起,泪落故情留。有幸怜红粉,无缘到白头。此时思万盏,一醉事方休。

江城子

天南地北路悠悠,隔中洲,见无由。纵使相邀,未敢往从游。酒后灯前频揽镜,双鬓白,万缘休。

关山迢递寄书稠,叙离愁,展绸缪。生不能成亲眷、也风流。但恐风流都是梦,肠易断,泪难收。

登黄鹤楼

蛇山山畔本无楼,二十年前此地游。今日楼成我更上,最高层瞰大江舟。

席间留别诸同志

一别楚江廿七年,相逢又在楚江边。白头再会知谁健?笑把离樽看醉颜。

海门

白浪如山打石头,西风猎猎海门秋。共怜当日文丞相,独上莲峰望帝舟。

中秋作

不须佳节倍思亲,但信天涯若比邻。万里楼头同看月,光华也照别离人。

圣母子

圣母岂无夫,圣子岂无父。圣母讳不言,圣子空陟岵。始知母子心,中各有私顾。中各有私顾,无伤圣人处。

红豆竹枝

明日闻郎返故庐,约郎今日逛东湖。路旁有棵相思树,欲看相思豆有无。

草丛石缝细拨摊,红豆拾来宝石般。珍重数枚交郎手,留郎回去念时看。

总是侬家一片心,心难舍处便相亲。剧怜红豆如红泪,作个泪如红豆人。

凭阑人

不启信箱怕信来,待启信箱空手回。宁教空手回,莫教心似灰。

寿阳曲

才欢悦,又离别,路旁分手气幽咽。一车风驰载将人去也,只留下香梦明灭。

得胜乐

心相爱，行相背。万里远游不同载。月满西楼，雁度云外，真难耐竟没个信儿来。

山坡羊

花木将芜，池亭非故。阑珊灯火校园路。足频住，眼环顾，凄凉当日行经处。是何人泪脸愁肠相对情难诉。合，两心苦；离，两心苦。

四块玉

昨夜梦，到天台。却又思归下山来。仙娥神女今安在？忙四顾，一片月，照空斋。

锦橙梅

几篇诗作风流态，一笔画掩栋梁材。身离退，不用赋归来。两盏酒亦悠哉。头虽白尚有赤心在。明利害频将国事慨，争是非尝屡犯婴鳞戒。依然泰，龙马情怀嫌天地隘。

枯昙

一九八七年七月四日晨,见阳台昙花十三朵,皆已枯萎。余竟不知其开。因感赋此章。

昔年昙花开,捧进房中来。雪色映红烛,香气浮幽斋。锦心堆金粟,紫萼奋鸾翮。今年花开不知开,及看花已尽残摧。白白嫩嫩累累高悬处,宛如披发系颈吊死之裙钗。未开喜蓓蕾,待开已忘怀。开亦无人赏,枯亦无人哀。惜哉薄命花!空使贞魂玉貌寂寞萎尘埃!葬蒿莱!但愿明年人好花更好!花开人笑,竟夕相对相赏相慕不相猜。

雁儿落带得胜令

芳园晨早至,桥脚坐窥之。眼迷腰衱同,耳惑语音似。日午不曾来,日夕犹空俟,临水怜孤影,凭阑自笑痴。追思,相爱十年事,伤悲,分离两鬓丝。

殿前欢

两相亲,六年久忽一朝分。怜她去我也辛酸。有泪无恨,欢情成苦闷。欲向苍天问,生死结同心。何人爱我?我爱何人?

今无

　　相见成欢别有愁，死生恩怨两难休。美人都是章台柳，义士今无许虞侯。

泪

　　或埋黄土作孤坟，或入侯门是路人。死别生离老泪尽，更无点滴一沾巾。

当年

　　山色空濛柳色深，西泠桥畔里湖滨。当年每到湖滨处，一拜钱塘小小坟。

自述

　　满头白发未龙钟，齿豁眼花耳尚聪。诗画幸无才子气，心肝差有古人风。爱顽不作权门客，守拙宁如田舍翁。日暮独行思伴侣，酒酣相与话孤衷。

自笑

自笑当官无媚骨,优游一世固宜哉。春回南岭观梅去,夜入西江泛月来。死莫须留驼马冢,生何尝羡栋梁材。文章千古事谁识,白眼相看未可哀。

问君

又隔云山路几重,心随风月也关情。病中一别无音信,梦里相逢有泪容。往事难忘皆历历,前缘已了太匆匆。问君还是小姑否?我固仍如带发僧。

为李铁夫作

共言钢铁骨,谁解雪霜心。草木馨香冢,丹青寂寞人。匡时曾有志,乐道善忘贫。画阁瞻风采,遗容亦可亲。

东坡梦

过龙年，又蛇年。贫愈顽，老尚健。乐事稠诸缘如愿。逍遥自比活神仙。爆竹声乱，一杯酒微泛红颜。

柬莫非同志

感君慨作不平鸣，莫憾丹青无盛名。由我门前罗鸟雀，任他座上满簪缨。贫能行乐唯游艺，道有可观但写形。八十三龄南岳顶，群山下望尽丘陵。

过中山像

纪堂游客日纷纷，谁识中山遗像尊。为革命生革命死，死生革命又何人？

落花

不逐清流逐浊流，铅华狼籍倩谁收？人称绝代天应妒，花有高名鬼亦愁。劫后园林馀病树，梦迴莺燕尚鸣楼。年年枉信春光好，堕粪沾泥各自羞。

落花

不逐其流逐濁流鉛華狼籍傳誰收人稱絕代天姿妒花有高名鬼忌愈劫後園林條病树夢迴鶯燕尚鳴樓年三枉信春光好隨業糞沾泥各自差

《落花》 王肇民 1988年6月书

题断肠集

貌是聪明实是痴，痴人说梦梦即诗。梦去无踪诗尚在，断肠集里断肠词。

人月圆

云中果有音书至，窗下启缄封，问安问好，报忧报病，且叙离衷。关山遥隔，因缘无分，没世难逢，一双不幸，君伤命薄，我叹途穷。

望江南

最相忆，一夕在黄山，欲抱纤腰看笑脸，却惶笑脸避华颠，敛手立灯前。

卷六

（一九九〇——一九九八）

梦题诗燕子楼

枕边隐约天将晓,梦里题诗燕子楼。曲槛回廊虫唧唧,野田荒圃树飕飕。也知从死玷清苑,未许独眠到白头。一十五年伤心地,只留遗地壮千秋。

戏马台怀古

论功易取代秦帝,失计难能作霸王。枉把头颅酬汉将,尚夸身手证天亡。入关固可违前约,衣绣何为归故乡?戏马台边怀竖子,西风落日总凄凉。

或似

或似莺莺和盼盼,或如小小与真真。由来命薄红颜女,都是风流梦里人。梦愈风流人愈苦,泪珠湿破绿罗巾。牡丹亭畔寻无影,巫峡山头暗断魂。

有感

人皆欲杀真名士,世有流言乃大才。几个折腰低首辈,天崩地裂起风雷。

生日作

八二岁初过,八三寿可祈?名高心胆怯,病久笑言稀。死欲求无憾,生当尽忘机。吁嗟儿女辈,见富莫思齐。

项羽

宁可杀身不渡江,自将余勇证天亡。乌亭一笑真呆气,未悔鸿门纵汉王。

凤凰树

门前有棵凤凰树,一朝砍倒卧泥沙。从此无鸟巢,从此无蜂衙。从此无荚果,从此无红花。从此无绿叶冉冉映窗纱,从此无老干曲曲走龙蛇。腰截七八段,纵横罗列尚杈丫,枯根盘路侧,人往人来徒咨嗟。英雄末路,亦复犹是耶?

从此

三年卧病绝音尘,从此萧郎是路人。夜半灯前思往事,一思往事一沾巾。

题田沧海佛像画展

明窗粉壁画堂开,喜怒慈严百态该。莫说空王无色相,田郎笔下现身来。

壮士行

壮士欲何求?思遇一知己。一知己遇难,壮士孤零死。

长相思

相思辄欲梦,欲梦梦不来。徒令垂老别,慷慨动离怀。古道音尘绝,天涯涕泪哀。年年春草绿,夜夜月华开。相思不相见,有似隔泉台。无为伤往事,往事尽成灰。

怀友人

寒星几点挂楼台,曾照离人泪满腮。四十年前将晓夜,一车风去不归来。

昨夜

相思相望几经春,一入侯门便不闻。昨夜梦中来语笑,依稀犹是有情人。

为廖冰兄研诗会作

我看冰兄,心冷于冰。有志如铁,或已销镕;有笔如刀,屡挫其锋。默而息乎,无为有功。把酒遥祝,福寿康宁。

不惮

青楼一梦且十年，不惮群公有罪言。铜雀台中诸妓女，空床献舞有谁看。

见刺桐花开

几朵刺桐开树巅，偶经树下转头看。忽惊树老人尤老，老过刺桐五十年。

西江月五首

相与十年草草，相离千里匆匆。天涯人去杳无踪，不算红颜薄幸。
善始善终纵望，新欢新爱难并。心持半偈万缘空，往事如烟莫恸。

老尚多情莫笑，多情未若无情。徒令人说太憨生，行坐木然发愣。
纵使前缘未了，也知后会难凭。落花流水各西东，雨迹云踪似梦。

一别因缘即断，五年魂梦难通。多情切莫怨无情，白发红颜不称。

欲作梁间宿燕，却成天际孤鸿。失群失路两三声，哀绝重云片影。

我住青松岗上，君家明月湖边。往来两地结情缘，有誓人神共鉴。

去岁传将作妇，今春闻已生男。分明喜讯却心寒，即到黄泉不见。

七八十年已过，两三次恋犹新。爱河爱水是迷津，即溺春波不恨。

可共悲欢几事？能同生死何人。而今四海一吟身，头白南天泪尽。

七夕

银河一曲挂长天，未有云桥河上连。千古相望唯牛女，最孤独者是神仙。

枕头布

三字诗,古有之,今已亡,故思救亡,试为之以保存此种形式的不灭。

枕头布,绉作团。频转侧,不成眠。亲戚疏,没有钱;朋友疏,没有权。思旧怨,欲报难;思旧好,已绝缘。言悔恨,坐针毡;行悔恨,似刀剜。无美梦,会神仙;无噩梦,杀奸贪。少而愚,老而顽,九十岁,未息肩。灯火灭,月影寒,四壁静,黑黮黮。盱待旦,夜如年。

诗画

仄仄平平韵易乖,一丘一壑费安排。诗情每逐画情去,画论常从诗论来。几个心胸生锦绣,谁家笔墨挟风雷。无须老作江郎叹,业贵精勤不患才。

闻芳松去世

故人个个已云亡,唯我衰年尚健康。手把膝前小孙子,一番情意总凄凉。

皇藏峪

昔年家在龙城住,未到皇藏峪一游。今日岭南遥北望,白云万里路悠悠。

圣泉寺

少时偶到圣泉寺,记有唐槐卧寺旁。今日唐槐还在否?旧游如梦发毛苍。

敢与

敢与今人争一流,敢同古作比千秋。学不让今不让古,艺林今古始称尤。

读《文心雕龙·知音篇》有感

绝妙文章知遇难,百千年一最堪怜。贱今贵古非真赏,崇己抑人只为钱。怪石高于珠宝价,野鸡可作凤凰看。衡平君子多机巧,暗把官阶代六观。

相逢

四十年前女弟子,三千里外大诗人,相逢欲说当时事,话到唇边未出唇。

白头翁

白头翁自叹白头,名愧诗囚兼画囚。木偶戏中为傀儡,黄粱梦里是王侯。卅年桃李满天下,万丈松筠卧一丘。闲向艺林夸身手,不求闻达也风流。

不知

婷婷袅袅一裙钗,迎面嫣然笑口开。初谓口开怀好意,不知背后有人来。

喜赋香港回归

百年奇耻一朝雪,两制和平收故疆。十二亿人南向望,红旗香港上飘扬。

八十九龄老画师，金瓯得见复完时。本来从不饮醇酒，却向南天把酒卮。

四海欢声响若雷，烟花灯火锦千堆。大军不战屈骄虏，多少英人带泪回。

屡梦李可染

生前未尽谈欢愿，死后常来梦里游。恍似当年同学日，西湖边上话春秋。

毋薄

毋薄今人厚古人，古人未必可推尊。苏公论画全欺世，顾氏传神半妄言。舌有锋铓相笑骂，笔无风雨动心魂。四王吴恽百千纸，不及虹庐一幅珍。

寨儿令

天悠悠，地悠悠，未知犹能再见不？岁月如流，霜雪盈头，心中话口欲说还羞。满庭落叶古城秋，一钩残月晓山楼。相思相望夜，失侣失群叟。休，人去总难留。

题长征图卷

雪山草地诸英俊，都是中华开建人。四十七年崎岖路，守成创业尽艰辛。

咏画

拜倒乌纱帽卌年，而今忽又向钱看。丹青自古无真主，不是财神便是官。

忆梅

忆孤山顶上，梅老卧墙荫。一片冰霜气，百年铁石心。春风非助力，明月是知音。几点丹花发，香飘天下闻。

分明

分明有意却无缘,不用相思扰夜眠。观史忻观列女传,读诗愧读定情篇。如流岁月惊虚度,似火心肠只自煎。我未穷愁翻易老,菱花镜里笑华颠。

七一竹枝

万国名流聚一厅,森森黝黝寂无声。就中一缕明如昼,门外灯光照地红。

告别首推查尔王,瘦高个子脸焦黄。致辞未了气先咽,却又欢然笑口张。

主席登场气若虹,大摇大摆大邦风。发言每到激昂处,一片掌声聒耳聋。

台上高居董建华,政纲宣罢尽人夸。红旗升起白旗落,依旧河山是汉家。

归去匆匆彭定康,船头灯火尚辉煌。亲朋相送默无语,揽颈贴腮各断肠。

邓公两制转乾坤,七一移交典未临。我欲扫庭向空祭,天涯何处可招魂。

九十岁作

几历沧桑九十春,崎岖路上过来人。不偏不倚中庸道,边画边诗自在身。观剧爱观包孝肃,结交欲结李香君。茫茫四海无归处,做个羊城一士民。

一曲

一曲高歌百虑开,自将衰朽作诗材,病当九死天多佑,年过八旬心尚孩。不羡鹰雕凌海岳,但钦燕雀傲风雷,茫茫大地无知己,依旧凄凉酒一杯。

补遗

（一九二六——一九九八）

所谓补遗，即昔日删落的作品，略加修改，再列于此。其在内容上不便发表者，不得与焉。

读石达开日记

大王立地成佛易，少女饮刀全节难。血溅沙场见肝胆，英雄千古数红颜。

鲁山道中

两岸平沙一水分，行人惊起雁千群。遮天尽作回风舞，声断河头不可闻。

石榴

磊落参差已满枝，朱花犹放映门楣。怜他多子翻为累，老干如弓拂地垂。

闻孙功炎离北碚因以诗寄之①

才接君书君已行，耳边似听车轮声。平常业恨相离远，又隔云山路万重。

昨朝微雨作轻寒，路上新泥料未干。残照一鞭人更远，青衫白马梦中看。

故人西去溯清流，抛却征鞍向渡头。想得平明江上路，晓风残月送行舟。

①北碚，今重庆市北碚区。

忆汪占非

据说：当时，到延安去的路上，有国民党特务设的卡子，检查行人，有去者，初则劝阻，继则杀却。

北平城里四年聚，西子湖边三载游。今日思君人不见，巴山夜雨一灯愁。

适闻陕北传来信，未见其人在此间。旧友但言君去也，如何不到又不还？

画牡丹

城南城北买胭脂，买得胭脂且置之。今日人前画富贵，画来依旧不入时。

题家园图

小园北枕碧流洼，半植榆棠半种花。茅屋三间门向午，古槐一棵路旁斜。

夏

野竹才青麦已黄，麦黄时节稻分秧。雨前叶大采茶晚，陇上人归种菜忙。蝉噪枝头鸣锦瑟，蛙歌水面起笙簧。纳凉时卧北窗下，醉把初蒸美酒浆。

初夏

草满川原复见花，麦黄时节尚摘茶。春风不染竹梢绿，四月连山未放芽。

雨至

雨至群山失，云归山更新。如斯天漏水，只可洗微尘。翠色生寒岫，青光接远垠。开门一仰望，高下走嶙峋。

新年

满天冰雪正三冬,才到新年便不同。杨柳梢头仍腊意,梅花枝上已春风。赐钱膝下夸儿女,拜寿堂前慰媪翁。尽是他乡逋客子,相逢应祝福星隆。

赖家桥访王治安

行过山巅到水涯,天晴闲访故人家。舍旁老树青葱处,白鹭梢头一朵花。

中秋

每逢佳节惯登楼,无酒无花过素秋。一度团圆一度缺,几家欢乐几家愁。灾连赤地方三载,劫历红羊遍九州。极目东南豪富地,哀鸿遍野叹离流。

元宵　似有人扫墓

今宵说是元宵节，未见月明天上头。雪落瑶空云漠漠，风鸣大壑树飕飕。哭歌远近闻童叟，灯火高低照墓丘。我倚一床夜深坐，团圆只向梦中求。

雷

初三初五夜，十月尚闻雷。老屋飞尘土，残灯堕烬灰。山川疑断折，天地觉崩摧。寒电穿窗入，青光射眼眉。

即景

白杨树上黄金色，半夜西风落已空。舒眼江山尽憔悴，柳边枫剩一枝红。

晚稻

晚稻连山水样平，稻花垂粉穗青青。偶然一阵清风过，绿浪无边卷太空。

密密麻麻晚稻黄,稻黄时节稻颗香。纵然有些倒伏样,亩产也应万石粮。

诗画

诗画学来自幼冲,诗情画意每相通。诗中有画诗方妙,画可兼诗画愈工。画抗古今夸富贵,诗倾肝胆叹孤穷。千秋事业唯诗画,诗画千秋已是翁。

赫鲁晓夫五首

大耳肥头白发秃,猩唇蛇眼老糊涂。平分世界谁同梦,一是美英一是苏。

焚尸独焚史丹林,伏莫①排除位更尊。臭味雷同唯铁托,反华队里最相亲。

欲亲美帝先亲英,投降还于戴维营。垄断热核签协定,忽将宿敌作同盟。

居然讨好倡和平,自卫何能尽废兵。美帝喽啰三百万,包围圈上正狰狞。

援印飞机骨未余，古巴撤弹见黔驴。肯尼迪死眼含泪，约翰逊前又面誉。

①伏莫，指伏罗希洛夫及莫洛托夫。

闻史丹林遗体被焚

遗体遭火焚，遗容铸众心。大功如海岳，未可化灰尘。摧敌皆犁穴，除奸岂枉人？高山齐仰止，千载德仁新。

解闷

水暗沙明碧草齐，秋风江上雨凄凄。东归乡国思舟楫，北望关山忧鼓鼙。叶落楸桐官舍冷，声垂鸿雁旅魂迷。公余自怪闲无事，解闷邻家一局棋。

椰子

累累林梢系翠球，写之以记海南游。鹿回头上狂风起，风舞龙飞一派秋。

束景唐

一年人比一年老,老去时光几许留。安得云龙①同把酒,万家灯火望徐州。

①云龙,山名。

茶花

四君子内何曾见,三友朋中无处寻。独向空山风雪里,冰心玉骨一团春。

改诗

新诗十改草难定,才力庸孱老更知。语不称心心未已,鬓边白添几根丝。

中秋作

灯光闪闪影沉沉，风雨潇潇早闭门。即此中秋昏黑夜，团圆也在万家心。

画梅

白纸白如山上雪，红花红似女儿唇。遥想妆楼多寂寞，挥毫为写一枝春。

读艺术杂志

思想今称解放年，艺坛花样屡新翻。崇洋崇古尤崇己，姓社姓资更姓钱。马列门徒多假冒，齐黄衣钵少真传。凭他绝代生花笔，马屁文章不要看。

天净沙　是由乔梦符天净沙改作

蜂蜂蝶蝶腰身，花花柳柳风韵。燕燕莺莺唇吻，娇娇嫩嫩，恩恩怨怨情人。

昙花

昨夜钵昙开未晓,今朝莲瓣已垂丫。来将几点白头泪,洒向人间薄命花。

长相思

越山秋,越水秋,越水越山生别愁。断肠人倚楼。父见尤,母见尤,谁是情郎问未休。怕言郎白头。

沉醉东风

绿竹林虹桥路口,黄沙岸碧瓦亭后。晨昏此地来,行坐凝神候。心难耐复心难耐,眼遍搜犹眼遍搜。终不见那人玉瘦。

莫言

莫言貌古无春意,万物趋时个个同,梅老窗前思富贵,先开笑面对东风。

送黄骏归省

荒村二月晓寒侵，巷陌绿杨半未匀，我以斯时别旧雨，君归何处望慈云。来当兵马仓皇地，去是河山沦丧辰，一样有亲川土上，自怜拜省未同群。

此来

此来已是觉春迟，庭院无花草蔓滋，记得去年门巷里，小桃红伴绿杨枝。

别意

萋萋山上草，覆我门前路。伊人去不来，草长高于树。读书上高堂，高堂何寂寞，偶为寒风吹，吟哦如呜咽。入彼幽居室，室唯见儿童，儿童自嬉戏，焉知我伤情。忽闻语音响，惊愕似离人。回头一怅望，涕泪欲沾巾。

观安徽版画展

　　大难讨好原堪谅,幅小能工尚可人,三度来观始一见,关心只为是乡亲。

答问梦中人为谁

　　昨宵一梦有来因,惹得先生追问频。请把菱花详自认,镜中人是梦中人。

蝉声

　　炎天如火气如蒸,树底纳凉避午晴。枝上忽惊闻异种,蝉声声似鸟儿鸣。

今晨

　　今晨归去又明晨,真武山[①]头困此身。夜半开窗天外望,疏灯微雨更愁人。

①真武山,在重庆南岸。

上清寺　重庆街名

上清寺上净无尘,楼阁参差灯火新,今夜不知何处去,街头闲站看行人。

夜坐

雨后虫争唱,窗前蛾乱飞,月明夜噤坐,衣上满清辉。

柳枝

烟条月影十分春,潇洒风流自绝尘,别后章台常自问,殷勤攀折又何人?

闲坐

小桃花谢结青子,杨柳丝长垂绿荫。闲坐小窗听啼鸟,东风庭院日沉沉。

蜿蜒幹底遍刀痕砍去枯枝
花更繁鐵石心腸多苦味
冰霜顏色見貞禮寒風
凛冽無春意明月光華有
舊恩我似古梅梅似我于軒
冕外別稱尊

詠梅 一九九一年十月 時年九十二歲 王肇民

《詠梅》 王肇民 1991年10月书

郑会琴同志赠挂绿荔枝

两枚一百元,挂绿惠遗难,无奈俗人眼,看来只等闲。媪翁且慢食,儿女竞同观。物以稀为贵,虚名卖大钱。

作画

不求怪异不求妍,但要力和气韵兼,试望峰峦多壮健,吾家未有小山川。

庭梅

茫茫大地尽冰封,一树庭梅雪里红,何以此花偏耐冷,开时原不借东风。

咏梅

蜿蜒干底遍刀痕,砍去枯枝花更繁,铁石心肠多苦味,冰霜颜色见贞魂。寒风凛冽无春意,明月光华有旧恩,我似古梅梅似我,于轩冕外别称尊。

跋

李汝伦

初识肇民先生约于十年前老友廖冰兄寓所。在此之前，已闻其名，复知其有《画论》问世。既会于漫画家之家，复有漫画家在，气氛活跃，言无忌惮。余以晚辈，请先生谈艺，先生言多精警，令人心折口服。然尚不知先生善诗也。其后余主编《当代诗词》，李士非同志言及先生诗作，因请先生抄寄数首，果然精妙。不久花城出版社询余可否为之出版，余极为赞成之，因又将《诗草》全部送我，命余初选。展读之中，爱不忍释，有"后宫佳丽三千人"，而大多个个是太真之感。

之后，每有余暇，迭以翻阅先生《诗草》为乐，常为其佳句杰构击案。数十年矣，"大雅久不作"矣！如同"八个样板戏"，普天之下，唯三十七首毛主席诗词而已，吟坛荒芜。不期于亩垄之中，竟有此梅魂菊魄，非特大雅重出，实为风骚振响，使人肝胆俱热。余读先生之画不多，然感先生乃真诗人，纯诗人矣。

先生《诗草》之《穗序》云："画写形，以志所见；诗言志，以志所想……然皆归根于真，崇真尚实，唯性情之所至……触乎事物，发乎胸臆，依乎格律，成乎章句。无无病呻吟之声，绝阿谀奉承之语。率意书怀，无所避忌。"此非政治家之宣言，言行相乖，实先生吟咏之所践者也。

先生寄情吟事，固在少年，然《诗草》所录，始于抗战军兴之后，离乱之思，儿女之情，困厄之状，忧国忧乡，愤世嫉俗，可谓"洋洋乎盈耳"，故诗中多有老杜语意，陆子心怀。"流落巴中道，春花几度红？河山空涕泪，家国阻兵戎。米贵官尤贱，钞多人更穷。年年为客苦，不敢望江东。"（《流落》）高度概括抗战大后方之现实图景。"家贫莫向富儿诉，身困不教贵者闻。"（《家贫》）可见先生劲骨铮铮。先生有《感时》之诗甚多，其中多佳句佳联："冠盖齐奔入剑阁，楼船未许出瞿塘""版籍徒留秦郡县，旌旗已改汉山河""已闻胡马屯江夏，又见降幡出石头"。再如《渝州客思》："峰连秦晋三千里，血染荆吴百二州。"皆愤政府之抗战无力，降将如云，敌寇纵横，大片华夏沦于敌寇铁蹄之下，至今读之，犹足毛发尽竖，而先生爱国忧时之心，溢之言表。

先生诗，命意命题，不落凡近，发音揭调，意境深邃。先生固画家也，诗中多有画意。《忆苏堤之游》云："细雨来时迷古寺，乱山缺处见州城。"《河上》云："喘午牛眠芳草岸，锄禾人歇绿杨边。"《山居》云："榴花万树红遮屋，溪水一湾绿到门。"先生《竹枝词》写乡村妇女："红花布褂碧油头，缎子小鞋绣石榴，缓缓行来柳下站，佯看河水低双眸。""轻摇莲步到邻家，树底墙荫闲磋牙。说得什么浑不解，但看粉面泛朝霞。"写得风情如画，使人神往。《山行》云："奋步忽然登绝顶，群山还让我为峰。"豪气如峰，有拿破仑之情致，而无拿破仑之野心。

先生目睹身历国事艰难，惆怅难平。《荒年》云："恒饥儿女常争饭，垂老夫妻善让羹。"实写所谓"大跃进"之灾难。小儿女之无知，垂老夫妻间之体贴，其情其景，使人不忍卒读。

《读"说难"》:"能瞽能聋真有道,孰非孰是欲无言。"反映《左氏春秋》中知识分子无可奈何之心境,入木三分。"如何笔底无高韵?万卷书曾读也不。"(《学画》)学画也要读书,不读书,人必浅薄,画也难佳,而又言外有意。"入手而柔,骨力独小。无毛而滑,粉腻窈窕。"媚态可掬,而叹"其子其孙,竟以昌好"(《稗》),是讽世也,亦訾世也。

先生长于律体,然其古风体亦能波澜壮阔,舒卷自如。

先生以画家之笔写诗,诗中固有画在,随意赋形,风格沉郁,气象不凡。忧患意识托之辞章,好句好意如珠玑,几乎俯拾即是。先生诗,应该使胸中只有点墨又喜附庸风雅者赧颜,亦足使缺乏性灵,唯填书塞典以炫博学者瞠目。

肇民先生真诗人也,纯诗人也。